Présentation de l'au

Né en 1932 à Kobe, préfecture de Hyogo, Shintarō Ishihara est un écrivain et homme politique japonais.

C'est en écrivant pour le journal littéraire de l'université Hitotsubashi que la nouvelle « La saison du soleil » verra le jour. Ishihara remporte le premier prix du concours littéraire organisé par le magazine *Bungakukai*, et écrit d'autres textes, qui forment le recueil éponyme. Le livre est couronné en 1955 du prix Akutagawa, faisant de son auteur le plus jeune lauréat à seulement 23 ans et une icône, littéraire mais aussi sociétale.

LA SAISON DU SOLEIL

DU MÊME AUTEUR

Une parfaite partie de plaisir, nouvelle parue dans l'anthologie de nouvelles japonaises contemporaines, tome 1 : *Jeunesse*, éd. du Rocher, 2007

Le Japon sans complexe – premier des partenaires dans le monde du XXIe *siècle*, Dunod, 1991

SHINTARŌ ISHIHARA

LA SAISON DU SOLEIL

Nouvelles

Traduit du japonais
par Kuni Matsuo

Postface de Marcel Giuglaris

belfond

Titre original :
TAIYO NO KISETSU de Shintarō Ishihara
publié par SHINCHOSHA Publishing Co., Ltd, Tokyo

Retrouvez-nous sur www.belfond.fr
ou www.facebook.com/belfond

Éditions Belfond,
92, avenue de France, 75013 Paris.
Pour le Canada,
Interforum Canada, Inc.,
1055, bd René-Lévesque-Est,
Bureau 1100,
Montréal, Québec, H2L 4S5.
ISBN 978-2-7144-9589-1
Dépôt légal : janvier 2022

Belfond | un département **place des éditeurs**

place des éditeurs

La classe grise

Pour éprouver le besoin de se tuer, Miyashita en était-il arrivé à un tel degré de dégoût et de désespoir ? Était-il vraiment sincère lorsqu'il parlait de l'inutilité de vivre ? Seul, et pour un temps, le jeu l'avait intéressé. Mais il était rapidement devenu trop bon joueur pour ne pas se lasser de son habileté. Il excellait au billard ; il y jouait en professionnel, ce qui lui valait des regards d'envie. Pourtant, quand on le félicitait, il avait une façon bien à lui de répondre :

— Bien sûr… mais… comme s'il avait commis une faute.

Pressentant qu'il mourrait jeune, il s'enivrait un peu au jeu, comme s'il y risquait ses jours. Si cela était vrai, gagner ou perdre n'avait pas d'importance. Ce qui comptait, c'était l'extase qu'il trouvait dans ce goût, un état d'esprit intime, inaccessible à autrui.

En pensant à cela, Yoshihisa demeurait perplexe. Plus il ressassait les raisons du drame, moins il les comprenait. Soudain, il se souvint d'une histoire racontée par un camarade, lors de la première tentative de suicide de Miyashita. À en croire ce garçon, il avait dépensé en une nuit, dans un cabaret de Tokyo, tout ce qu'il possédait, et il avait terminé cette nuit extraordinaire en compagnie d'une fille. Pour se procurer de l'argent, il avait engagé ses affaires. Si cette histoire était vraie, elle avait au moins le mérite de prouver que Miyashita s'intéressait encore aux choses de l'amour et que, pour en jouir, il ne reculait pas devant l'ennui d'aller chez un prêteur. Cependant, Yoshihisa ne pouvait croire, comme ses camarades, qu'il avait voulu se tuer pour cette fille…

Devenu confident de Miyashita, au retour d'un match de base-ball, ils étaient sortis plusieurs fois ensemble. Un jour, ils étaient allés dans ce cabaret où, disait-on, le jeune garçon s'était amusé la veille de sa tentative de suicide. Quelque temps après, Miyashita lui avait avoué que la fille qui leur avait parlé, ce soir-là, était bien celle avec laquelle il avait passé la nuit. Pourtant, Yoshihisa se souvenait que, durant toute la soirée, son ami ne s'était montré nullement ému. Et même, il avait traité la fille avec insolence, au point de déconcerter les autres entraîneuses qui ne s'étaient pas gênées pour lui dire son fait. Il semblait qu'elle n'eût été pour lui qu'un instrument de musique dont on aime jouer mais que l'on prend plaisir, ensuite, à détruire.

— La femme possède moins de cordes musicales que le jeu, même le plus insignifiant, disait Miyashita.

Cela prouvait-il qu'il était capable de mourir pour une femme ou incapable de trouver le bonheur dans l'amour ?

Yoshihisa en arrivait à se convaincre que le suicide de son camarade n'était pas lié à une cause sentimentale. À moins qu'il ne s'agît d'une passion impossible, Miyashita n'était pas homme à se tuer par amour. Il était trop las et trop dégoûté pour cela.

« Ma vie ne vaut plus la peine d'être vécue… » écrivent souvent les désespérés avant d'en finir. Mais existe-t-il une vie valant la peine de mourir ? Peut-on attribuer une valeur à la mort ? Miyashita avait-il agi ainsi pour trouver le repos ou bien pour se venger des hommes ? Quoi qu'il en fût, il ne s'était pas conduit en joueur. Dans ce cas, il lui eût fallu une philosophie de la mort. Or Miyashita était lassé et dégoûté de la philosophie comme du reste.

Alors pourquoi ? Où trouver un mobile assez puissant ?

Yoshihisa se perdait dans un labyrinthe de suppositions, car entre Miyashita et lui, demeuraient des différences profondes. Pour comprendre, comme lui, quelque chose à la vie, il avait sûrement perdu un temps précieux.

*

Yoshihisa entra dans un restaurant d'étudiants. La radio déversait un air de jazz. Dans la salle étroite et enfumée, il remarqua tout de suite les habitués. Malgré les airs d'hommes qu'ils se donnaient, ce n'étaient que des adolescents. Ils se retournaient sur chaque nouveau client, non par crainte, mais dans l'espoir que ce fût un professeur en tournée d'inspection. Alors quelqu'un crierait : « Le prof ! » et il y aurait une belle bousculade vers la porte du fond. Le pion y eût peut-être pris plaisir, lui aussi, créant ainsi une complicité.

Yoshihisa ne vit pas ses copains et s'assit tout seul près de l'entrée. Chacun connaissait déjà l'histoire de Miyashita et cela faisait un sujet de conversation. Tout en écoutant le disque de jazz, on en parlait comme d'un match de base-ball, ou d'une absence de professeur qui eût permis d'aller au cinéma.

— Pourquoi a-t-il voulu se tuer ? demanda quelqu'un.

— Pour une fille ? Mais laquelle ?

— Était-il amoureux d'une femme mariée, comme Pilliza Kid ?

— S'il avait été amoureux d'une femme mariée, il ne se serait pas tué… Avec une femme mariée, tout est plus simple, non ?

— Alors, ce devait être un amour platonique…

— Platonique ! Sans blague ! Lui platonique ? Un jour, nous sommes allés voir ensemble un spectacle et, pendant l'entracte, Miyashita a soulevé deux filles. À la sortie, nous les avons emmenées dans un hôtel. La sienne était cette petite… tu sais bien, celle qui est toujours saoule quand elle chante ? Je crois qu'on l'appelle Lily… Ce soir-là, on s'est bien marrés. D'ailleurs, une semaine après, c'est moi qui l'ai eue, Lily… Une fameuse fille, délurée, quel tempérament ! Nous n'avions même pas le temps d'arriver à l'hôtel ! Ainsi Miyashita et moi, nous sommes beaux-frères…

— Alors, on doit être tous un peu ses beaux-frères…

— Un soir, la fille m'a dit : « Pour faire aussi bien que ton copain Miyashita, il faudra que tu sois drôlement fortiche ! Pendant toute la nuit, il m'a mené un de ces cirques ! » Alors, vous comprenez, quand vous me parlez d'amour platonique, ça me fait rigoler…

— Si c'est pas une histoire de fille, c'est une affaire de fric !

Un étudiant se tourna vers Yoshihisa :

— Tu étais son ami, dis-nous ce que tu en penses...

— Je n'en sais rien... Je n'y comprends rien... Au début, j'avais quelques idées, mais elles ne valent rien.

— Quelles idées ? demanda un autre.

— Je pensais qu'il s'était suicidé par lassitude, ainsi qu'il le disait lui-même.

— Lassitude de quoi ? Est-ce lié à une affaire de fille ou d'école ?

— Il n'avait qu'à échouer à l'examen ! coupa Yamashita. De tous les élèves, c'était bien le type le moins capable de comprendre une raison philosophique.

— Non, intervint Kashino, croyez-vous qu'il puisse exister un type assez fou pour se tuer à cause d'une fille ? Quand on a assez d'une femme, on la plaque et c'est fini. Si elle gueule, on la laisse gueuler... Si ça continue, on la revoit, mais elle doit bien finir par comprendre qu'on n'en veut plus... Si, malgré tout, elle se cramponne, il faut affecter une indifférence complète... De toute façon, si ça dure, ça vaut quand même mieux que les putains.

Garçon expérimenté, Kashino était considéré comme un original. Du reste, il jouissait de réputations assez contraires. Yoshihisa lui reconnaissait, du moins, le mérite d'être franc. Ce Kashino était aussi champion de boxe. À chaque match, sa petite amie Keiko s'installait auprès du ring. Quand il était acculé dans son coin, elle lui lançait des encouragements, de toutes ses forces. Elle criait tant que certains amis de Kashino trouvaient le spectacle de Keiko encore plus passionnant que le match. Cependant, Kashino devenait de plus en plus froid envers la jeune femme. Tandis qu'elle s'attachait fanatiquement à lui, il s'en éloignait. Il en arriva à l'insulter, à la frapper. Keiko se résignait comme une esclave.

Les amis du couple observaient ces choses avec indifférence. Leur unique préoccupation était de savoir qui hériterait de Keiko. La règle leur imposait de considérer les femmes comme des meubles. Elles ne prenaient véritablement de valeur qu'au moment des enchères. Le reste ne les intéressait pas.

La pauvre Keiko, enceinte des œuvres de Kashino, mourut en avortant. Au lendemain de cette fin navrante, Kashino demanda à quelques copains :

— Quel costume dois-je mettre pour son enterrement ? Mon uniforme d'étudiant ?

— Je te présente mes sincères condoléances, fit quelqu'un assez sérieusement.

— Ne fais pas de cérémonie, répondit Kashino en riant, dis-moi plutôt ce que je devrai mettre demain.

Yoshihisa, qui assistait à la scène, se sentit indigné. C'en était trop ! Toutefois, quelques jours plus tard, alors qu'il croisait Kashino dans la rue, il lui trouva l'air triste et les yeux cernés.

*

Pendant que les élèves bavardaient dans le restaurant, trois compères, Nishimiya, Takita et Katsuno entrèrent. Aussitôt, Nishimiya exhiba triomphalement ses pieds chaussés de souliers neufs.

— Où les as-tu chipés ? demanda quelqu'un.

— Chez le cordonnier de l'école ?

— Y en a-t-il encore ?

La vedette alla aux trois chapardeurs et personne ne pensa plus au suicide de Miyashita.

Les jeunes gens n'en finissaient pas de raconter leur exploit. Ils s'étendaient sur les risques qu'ils avaient courus et sur la préparation du plan auquel ils devaient leur réussite. Pendant le cours, ils étaient allés tous trois à la boutique. Les chaussures de basket-ball étaient attachées ensemble par un lacet. Nishimiya fit semblant d'acheter et de choisir une paire dans le tas, puis se ravisa.

À l'heure de la récréation, ils revinrent et pendant que Katsuno faisait réparer un soulier, Nishimiya retira une paire qu'il déposa au bout de l'étagère, en laissant pendre le lacet comme s'il était encore noué. À midi, Takita demanda au cordonnier de fixer des œillets à ses brodequins, et, durant ce temps, Nishimiya laissa tomber les chaussures volées dans un sac que portait Katsuno. Il y ajouta même une boîte de cirage.

Le chapardage était courant parmi les élèves. C'était une sorte de jeu pour lequel ils déployaient beaucoup d'ingéniosité. Cependant, ils n'avaient aucun besoin de voler. Ils n'y cherchaient qu'un peu d'excitation. Aussi, après chacun de leurs larcins, éprouvaient-ils seulement un sentiment de gloire. Ils n'en gardaient aucun remords. Élevés dans des familles où l'argent constituait l'essentiel des conversations, ils trouvaient dans le vol une jouissance, un assouvissement, une victoire aussi exaltante que la conquête d'une fille ou d'un trophée. C'était aussi un cri de révolte.

L'année précédente, en compagnie de son camarade Okayama, Yoshihisa avait volé huit petits dictionnaires. Dès lors, le libraire prit l'habitude de recouvrir ses livres afin d'en empêcher la disparition. Cette précaution fit de la peine à Yoshihisa. Il eut pitié du libraire, pourtant sa joie d'avoir gagné au jeu l'emporta… Il vendit les dictionnaires pour la moitié de leur valeur et cela lui rapporta mille yens. Ce gain libéra sa conscience et lui procura plus de satisfaction que s'il avait gagné la même somme au mah-jong. Il en fut même plus fier que des trente mille yens de commission qu'il avait encaissés sur la vente de la voiture de son père à un ami…

Si le vol est condamnable, il ne constitue pas un acte criminel. Il est probable que, lorsque ces jeunes gens embrasseront des carrières de commerçants ou d'hommes d'affaires, rien ne viendra modifier ce point de vue acquis durant leur jeunesse. Adultes, ils demeureront de jeunes animaux impulsifs, amoraux et ce qui, dans une société normale, est considéré comme vice, restera pour eux complicité, entente rapide avec les gens de leur génération…

Comment ces jeunes gens d'après-guerre en étaient-ils arrivés à perdre toute ligne de conduite ? Qui avait forgé en eux cet état d'esprit ? Après tout, c'était peut-être leur morale, une loi de la nature, primitive mais vivante et spontanée. C'était aussi le mode d'expression d'une humanité nouvelle, plus directe que la précédente. Au lieu de s'abandonner à leurs instincts, la plupart des adolescents s'efforcent de singer les aînés. Ces jeunes affranchis considéraient que l'imitation des adultes ne pouvait qu'étouffer une vie sociale déjà étriquée. Vivre dans la routine, c'était les faire vieillir avant l'âge et pousser leur jeunesse au désespoir.

*

Yoshihisa tua une heure au billard, puis il alla au théâtre avec Michiko, pour y assister à un ballet. Il en avait assez de cette fille qui, de jour en jour, devenait un fardeau. Ayant perdu tout sentiment pour elle, il n'avait accepté de l'accompagner que par pitié. Il savait qu'elle était inquiète de son indifférence, de sa froideur et qu'elle sentait vaguement son détachement sous prétexte d'examens ou de matchs.

Lorsqu'elle lui avait téléphoné, il n'avait pas eu tout à fait envie de refuser. Il éprouvait encore quelque plaisir à la voir. Quand elle lui avait dit que le théâtre était complet et qu'elle n'avait pu obtenir que deux places séparées, il avait ressenti à la fois de la déception et du soulagement. « Elle n'est vraiment pas maligne », n'avait-il pu s'empêcher de penser.

Comme il n'aimait pas porter les paquets, il confia sa serviette au restaurant et prit le tramway, les mains vides. Il retrouva Michiko dans un café et partit avec elle au théâtre. Avant de gagner sa place, la jeune femme lui dit :

— Je te rejoindrai dans le hall, pendant l'entracte, et je te présenterai l'une des danseuses, mon amie H...

Yoshihisa fut heureux de la distance qui le séparait de Michiko. La salle se remplissait, mais à sa droite, deux places demeuraient libres. Il en éprouva un sentiment de solitude et attendit avec un peu d'espoir qu'elles fussent occupées. Bientôt, une jolie fille de son âge et sa jeune sœur s'installèrent à côté de lui. Ravi de cette bonne fortune, il se leva poliment pour les laisser passer et les regarda d'une façon presque insolente. Peu après, n'ayant pu trouver un programme dans la salle, il demanda à sa voisine de lui prêter le sien. Il voulait savoir qui était cette H… Profitant de l'occasion, il engagea la conversation. De loin, Michiko le surveillait. Alors, afin de la rendre jalouse, il approcha sa tête de celle de sa voisine.

À l'entracte, il accompagna les jeunes filles au bar du sous-sol, sans s'inquiéter de son rendez-vous avec Michiko. Il ne se rendit dans le hall qu'à la fin du troisième acte, alors que la sonnette tintait déjà. Michiko était là, devant une consommation. Elle pleurait presque.

Yoshihisa parvint à connaître l'adresse de ses voisines et à obtenir un rendez-vous, car il paraissait correct et prévenant. Il jouait la comédie sans effort, grâce à l'habitude qu'ont les jeunes citadins de se montrer galants envers les femmes. D'ailleurs, Yoshihisa avait belle allure, un air assuré, intelligent.

À la fin du spectacle, il sortit avec les jeunes filles et, courtoisement, héla pour elles un taxi. Puis il rejoignit son amie qui l'attendait. Michiko insista pour lui présenter la danseuse, mais il refusa sèchement. Ils sortirent dans la rue noire. Yoshihisa savait que Michiko allait lui faire des reproches. Aussi, tandis qu'elle cherchait ses mots, lui parla-t-il de choses et d'autres, sans intérêt. Puis, sans lui laisser le temps de se plaindre, il la provoqua :

— J'ai lu, dans le programme de ma voisine, le nom de cette actrice que tu voulais me présenter… Elle a l'air d'une fille qui se donne au premier venu... Son costume était affreux ! D'ailleurs, je n'aime pas les ballets japonais... les hommes surtout sont lamentables... Pour en revenir à mes voisines, figure-toi qu'elles ne connaissent personne parmi les étudiants de l'Institut K. Tu ne trouves pas cela curieux ?

Michiko paraissait de plus en plus défaite, cependant, elle n'osa parler.

Pendant le dîner, Yoshihisa se sentit pour elle une subite tendresse... Tendresse momentanée, certes, mais assez sincère pour qu'il réglât l'addition. C'était contraire aux habitudes. Mais ce soir-là, Yoshihisa ne voulait pas passer après Michiko, devant le guichet où, d'ordinaire, elle payait. Cela le choquait comme une faute de savoir-vivre. De son point de vue, Michiko eût dû lui remettre l'argent d'abord. Mais elle n'avait pas le moindre bon goût. Sans doute était-elle imbue des trois ans qu'elle avait de plus que lui.

Dans le taxi qui les amenait à l'hôtel, Michiko appuya son épaule contre la poitrine de Yoshihisa et, amoureusement, chercha sa main. Il n'en fut pas ému. Cette main lui semblait appartenir à une ménagère rusée. Ces doigts frêles et tremblants étaient ceux d'une femme qui cherche, dans des cendres, un restant de chaleur. Cependant, il les serra avec force, car cela faisait partie du jeu.

La voiture traversa des rues violemment éclairées au néon, puis elle s'enfonça dans la pénombre d'un bois. La nuit devint noire, mais, de temps à autre, un reflet de lumière leur caressait le visage. Michiko le regardait.

Les secousses de l'auto rappelèrent à Yoshihisa leur première étreinte. Il croyait alors Michiko différente des autres. Il s'imaginait que leur liaison était unique. Et puis, au fur et à mesure qu'ils se connaissaient mieux, les mystères disparurent. Il fut déçu. « Ce dont je rêvais était mieux, pensait-il en l'étreignant, beaucoup mieux… C'était quelque chose d'autre que cela. »

Pourtant leur amour durait. Dans ses moments d'ivresse, Michiko se cambrait de jouissance, mais lui-même se sentait furieux et irrité. En se couchant à son côté, il éprouvait une amertume, une rancune imprécises… Cependant, le corps de Michiko avait une fraîcheur de vierge. Sa chair l'attachait par un plaisir rare.

Ils descendirent dans un hôtel de Sendagaya où ils avaient déjà passé une nuit. Yoshihisa passa le premier et laissa son amie régler la note. Un boy lui fit un clin d'œil et cela lui causa de la répugnance.

Au guichet, Michiko demandait avec naturel :

— Notre chambre habituelle est-elle libre ?

Yoshihisa fronça les sourcils.

La salle de bains était au bout du couloir. Ils se baignèrent ensemble, mais Michiko demeura immobile, les deux jambes jointes, chastement. Elle évitait de regarder son ami ; pourtant, quand elle le lava, elle osa poser les yeux sur lui. Il la fixait. Elle rougit et baissa les paupières. Alors, subitement, il la désira… Il sauta sur elle comme un animal et l'eau du bain jaillit autour d'eux. Il l'enleva dans ses bras et la renversa sur les dalles. L'eau qui débordait de la baignoire inonda leurs corps étourdis par la chaleur humide. Ils demeurèrent fondus, noués. L'eau tiède les caressait…

Il la prit plusieurs fois, mais il sentait bien que ce n'était pas cela qu'il cherchait. Il en était écœuré. Il avait pourtant fait tous les gestes de l'amour, même les plus obscènes, mais ce n'était pas là le remède. Le seul qu'il connût était tout bête : dormir. Mais dans le sommeil, il continua de savoir qu'il se réveillerait et que ce réveil serait effrayant. Quand il étreignit Michiko, il vit des larmes dans ses yeux, et ces larmes lui parurent maléfiques. Mais pourquoi ?

*

Trois jours plus tard, en allant en classe, Yoshihisa apprit par son professeur que ce Miyashita, que tout le monde avait oublié, venait de ressusciter.

— Je sais que vous avez tous été inquiets du sort de votre camarade, dit le professeur. Son médecin jugeait qu'il n'y avait plus d'espoir. Or, Miyashita est sauvé. Son cœur s'est montré d'une résistance exceptionnelle. C'est un miracle ! Néanmoins, ne soyez pas trop optimistes, car il est encore très faible… Mais on peut espérer son rétablissement.

Yoshihisa remarqua les regards déçus de ses camarades qui croyaient bien que, cette fois, Miyashita ne s'était pas raté ! Leur visage exprimait plus de mépris que de colère. On eût dit que Miyashita, en revenant à la vie, leur manquait de parole. « En somme, pensaient-ils, c'est un cabotin ! » Le convalescent et l'autre, celui qui s'était suicidé, n'étaient plus le même personnage. L'un était un grand acteur envolé dans l'autre monde. Celui-ci un mauvais pitre qui venait rire à contretemps, au milieu d'une tragédie. Le spectacle ne valait rien. Ils n'en avaient pas pour leur argent. C'était comme un billet de train qui n'arrive pas à l'heure.

— Alors, Miyashita est ressuscité ? demanda quelqu'un. C'est vrai au moins ?

— Miya s'en est sorti encore une fois ! Il doit avoir un drôle de cœur, le gars...

— Tu parles, il aimait les courses de chevaux !

— Qu'est-ce qui lui a pris de revenir ?

— Il devait avoir rendez-vous avec une fille !

Et chacun lançait une plaisanterie. On se moquait. C'était une façon comme une autre d'exprimer sa déception. En quelques minutes, l'idole Miyashita était devenue un froussard.

Ces réflexions intéressaient Yoshihisa. C'était entendu, Miyashita avait manqué son coup. C'était un piètre acteur. Mais le théâtre et le jeu n'étaient-ils pas frères ? Or, le jeu nécessite un intérêt, le théâtre un désintéressement. Peut-on être à la fois acteur et joueur ? Yoshihisa demeura perplexe.

Au retour de l'Institut, il remarqua que le drame n'intéressait plus personne. La jalousie, l'espoir ou même la curiosité que chacun éprouvait au début s'étaient effacés. Étaient-ils donc seulement capricieux ?

Au fond, Miyashita était timide. Il se trouva embarrassé des réflexions qui accueillirent son retour.

« Voilà la seconde fois que tu fais la même bêtise ! » lui dit-on. Cela ne signifiait pas : « que tu te suicides » mais : « que tu t'en tires ». Miyashita, qui avait compris le sous-entendu, en fut gêné comme s'il avait refusé de participer à une bataille entre écoles. Il se retrouvait intact entre ses copains affublés de bandages et de vêtements déchirés... Il n'avait pas d'excuses. Il devait reconnaître son échec. Désormais, il lui fallait vivre avec le mépris de lui-même.

Cela dura quelque temps, puis ses rapports avec ses camarades s'humanisèrent. Ses deux suicides manqués ne lui valurent qu'un surnom : le dieu de la Mort.

Cependant Miyashita changeait. Il devenait irritable. Il s'agitait. Yoshihisa, qui le rencontrait souvent dans le train électrique, à la sortie de l'Institut, essaya d'en tirer des aveux, mais l'autre se déroba.

Un après-midi qu'il conduisait la voiture de son père, il l'invita à monter. Alors qu'ils roulaient au long de la Tokaido, il l'interrogea :

— Ne me parle plus de cette histoire, répondit Miyashita. Si je conduisais à ta place, j'écraserais volontiers l'accélérateur pour lancer la voiture dans un arbre !

— Et crois-tu que l'on comprendrait après cela ? dit Yoshihisa non sans un coup d'œil inquiet vers son ami.

— Tu as raison… c'est idiot.

*

Quelques jours plus tard, profitant d'une heure de liberté, les élèves s'entassaient dans un club de mah-jong. Miyashita était là, debout derrière une table.

— Sors-toi de là, dieu de la Mort, dit l'un des joueurs en se retournant. Tu fais fuir la chance.

— Au contraire, rétorqua Kashino, un type capable de ressusciter deux fois est un gars qui a une fameuse chance !

Miyashita, qui souriait au premier, se montra furieux envers Kashino. Ce dernier s'en aperçut, mais Miyashita se tut. Son regard coléreux n'était pas celui d'un type qui va en boxer un autre, mais il y passa quelque chose de froid, de glacial, de tel que Kashino baissa les yeux.

*

Deux mois plus tard, Yoshihisa rencontra Michiko dans un café décoré de façon exotique et imprécise. Aussitôt, la jeune fille lui déclara :

— Ça y est ! C'est fait !

Michiko était capricieuse. Sa boutique de mode – financée par le père de Yoshihisa – flattait son goût du luxe. Le jeune homme lui donnait parfois des idées, pour la création d'une cape ou d'un manteau, et en retour, lui faisait payer ses dettes… Il crut au succès d'une collection et se dit : « Bravo, elle a suivi mes conseils. » Sur le point de la féliciter, il s'arrêta, inquiet, et demanda en la regardant :

— C'est fait, quoi ?

— Un enfant ! Ton enfant…

Yoshihisa entendit soudain le phonographe auquel il n'avait pas fait attention jusque-là. Michiko surveillait sa réaction. Il ne lui avait encore jamais vu cette expression hautaine et autoritaire. Ses yeux le fusillaient. Il se sentit soupesé, prospecté.

Michiko devina qu'il la désapprouvait. Elle s'était trompée sur son compte ; son amour était différent du sien. Tandis qu'il demeurait sombre et silencieux, la déception envahissait la jeune femme. Quand il essaya de feindre quelque gaieté, elle comprit qu'il lui fallait dissimuler son angoisse, s'accrocher à la chair de son ami et se fondre avec lui, dans un plaisir sensuel qui leur ferait tout oublier. C'était par là qu'elle devait le retenir, par la volupté.

Alors qu'il eût été adroit de demander protection, elle ne savait que donner et se donner. Elle ne savait qu'attirer l'inquiétude et l'irritation sur les paupières de Yoshihisa. Il ouvrait les yeux plus largement que d'habitude et regardait devant lui, quelque chose de très éloigné…

Bien que de trois ans son aînée, elle exigeait pourtant de lui un amour total. Et elle croyait pouvoir l'obtenir par la ruse et la force de sa passion. Mais sous les yeux du garçon, des cernes demeuraient. Étaient-ce les ombres de ses rêves déçus ?

Michiko se trompait. Yoshihisa ne pensait plus au passé, alors qu'ils se croyaient liés éternellement. Il ne voyait que deux fantômes que le destin séparait déjà, cruellement, fatalement.

La saison du soleil

Le sentiment que Tatsuya éprouvait pour Eiko ne pouvait être comparé qu'à sa passion pour la boxe. La jeune fille lui procurait cette sorte de plaisir mêlé d'effroi que seuls connaissent les boxeurs quand, acculés dans un coin du ring, ils se débattent sous une série de l'adversaire.

Tatsuya appréciait cette jouissance et la joie franche que l'on ressent, au cours d'une correction, à retrouver sa vigueur, à rectifier la position de ses pieds, à imposer au combat un moment d'arrêt. Il savait aussi ce que l'on éprouve pendant la minute de repos, quand les soigneurs tapotent vos épaules et que l'on observe, assis dans le coin opposé, en diagonale, un adversaire réputé fort et bon encaisseur.

Eiko, c'était cela… C'était surtout l'élan qui vous fait bondir, au début du round, en maîtrisant son impatience et ce petit moment d'incertitude durant lequel on tâte l'ennemi. À cet instant seulement, Tatsuya avait la satisfaction de se sentir lui-même. L'attente de ce plaisir le faisait toujours sourire. Heureux, il guettait son adversaire qui mettait la pause à profit pour ruminer son plan d'attaque.

Cette bonne humeur lui avait valu une réputation de combativité exceptionnelle. Les spectateurs s'y trompaient tous et prenaient pour de l'intrépidité ce qui n'était, chez lui, qu'émotion et expérience personnelle.

À cause de cette attitude, peut-être, Tatsuya n'arrivait pas à s'habituer vraiment au combat. Il n'y perdait jamais son sang-froid, et ce n'était certes pas un effet de son adresse...

Il aimait tous les sports, mais seule la boxe lui paraissait riche en beauté et en sensations. Sa taille élancée, son agilité le disposaient au basket. Il fit partie d'un club pendant un an. Mais il gêna son équipe. À chaque match, il s'emparait de la balle, dribblait, feintait tout au long du terrain et répugnait aux passes. Ses camarades s'en plaignirent. Un jour qu'il assistait à un match international, il applaudit un champion étranger qui, d'un air très naturel, ridiculisait les joueurs japonais. Ceux-ci en parurent furieux. Néanmoins, Tatsuya n'eut d'yeux que pour la façon dont leurs adversaires se servaient de la balle, avec une seule paume de main, tout en feignant la plus grande innocence. Ce style lui plut. Il essaya de l'imiter par la suite et on lui en reprocha davantage son manque d'esprit d'équipe.

Ce fut au cours du premier trimestre de la seconde, qu'il mit des gants de boxe pour la première fois. Un après-midi, pendant une heure creuse, il alla, au gymnase, réclamer une dette de mah-jong à son ami Eda, le manager du club. Ce n'était pas encore le moment de l'entraînement et la salle était déserte. Seuls quelques membres du club, dont plusieurs champions scolaires, faisaient un peu de culture physique. Tatsuya regarda les sacs de sable, les punching-balls et les chaussures pendues au mur. Sur un placard était dessinée une tête de mort ; cela l'amusa. Le gymnase était propre, silencieux, et pourtant il lui fit penser à un abattoir.

Derrière le ring, Sahara, qui séchait la classe d'anglais, était en train de boxer son ombre. Il portait un survêtement bleu foncé, marqué, sur la poitrine, de l'écusson du lycée. Le visage sérieux, il frappait tantôt de la droite, tantôt de la gauche et fléchissait la hanche à chaque coup. Ses bras et ses jambes s'agitaient comme ceux d'une marionnette. De temps à autre, partait un crochet imprévu… Son allure était singulière mais nullement ridicule.

Tatsuya connaissait bien Sahara. Malgré sa petite taille, le jeune homme était très vigoureux. Un jour de l'automne dernier, après un championnat interscolaire, ils s'étaient trouvés ensemble dans un chahut traditionnel, sur le terrain de base-ball. Un employé de bureau, ancien élève d'une école ennemie, critiqua la mauvaise conduite des étudiants. Ceux-ci, passablement saouls, prirent mal la chose et malmenèrent le bonhomme qui, dans sa fuite, renversa un des leurs. Il surgit devant Sahara qui lui barra la route, jambes écartées. Ce fut simple, net, foudroyant. Sahara lui plaça un crochet à l'estomac et le descendit d'un uppercut du gauche. Le type s'écroula. Les autres en furent stupéfaits et Sahara gagna ainsi son entrée au club de boxe…

De son coin, il fit un signe à son camarade et sourit de ses dents blanches. En le regardant, Tatsuya se souvint d'un matin de vacances, pendant le printemps, alors qu'il promenait son chien sur la plage embuée de brouillard.

Un homme était apparu devant lui. Vêtu d'un survêtement rouge, le cou entouré d'une grosse serviette, il courait en faisant du shadow. C'était un Hawaïen, champion du monde sur son déclin, qui, la semaine suivante, devait mettre son titre en jeu et, selon les pronostics, se faire battre par son adversaire japonais. En croisant Tatsuya, sur cette plage déserte, il lui avait souri de la même façon que Sahara. Tatsuya lui avait répondu avec sympathie, automatiquement. Le champion était allé jusqu'au bord de la mer, puis, toujours en courant, il était revenu. Alors, Tatsuya avait joint ses deux mains au-dessus de sa tête, ainsi qu'il l'avait vu faire dans les films américains :

« Good luck ! »

L'homme l'avait remercié d'un geste avant de disparaître dans le brouillard.

« Battu ou non, avait pensé Tatsuya, satisfait de son petit succès, ce type se souviendra du salut de ce Japonais rencontré dans la brume d'un matin. »

Du même coup, il avait reporté sur l'étranger la ferveur qu'il nourrissait jusqu'à présent pour son challenger japonais. Il avait été ému par la solitude de ce sportif qui, en marge de la gloire, se soumettait sévèrement à la discipline de l'entraînement. Et, sans lien apparent, il éprouvait, en regardant Sahara, le sentiment d'admiration qu'il avait eu pour l'Hawaïen.

Dans une pièce voisine, Eda jouait au poker avec trois camarades. En apercevant Tatsuya, il s'exclama :

— Salut ! Qu'est-ce qui t'amène ?

— Je n'ai rien à foutre… Alors, j'ai pensé à te réclamer ce que tu me dois depuis le dernier mah-jong.

— Tu tombes bien ! Viens plutôt faire un poker avec nous… il paraît que tu t'y connais ?

Tatsuya s'assit et prit des cartes. Il aimait le jeu, mais, dès qu'il y devenait habile, il s'en désintéressait. Au poker, il n'avait de plaisir qu'avec d'excellents partenaires, supérieurs à lui. Les autres l'ennuyaient. Il pensait que la certitude de gagner ne pouvait satisfaire que les médiocres. Un jeu où l'on ne risque rien n'est pas un jeu.

Le gymnase se peupla peu à peu. Des étudiants se déshabillaient. D'autres jetaient un coup d'œil sur les joueurs, puis s'éloignaient en bavardant. Tatsuya gagnait. Il en fut gêné autant que de sa présence dans ce club dont il n'était même pas membre. Il avait l'impression d'abuser et de se conduire d'une façon déloyale.

— Si j'entrais au club… dit-il soudain, dans quelle catégorie serais-je ?

— Catégorie de quoi ?

— De boxe, pardi !

— Après un bon entraînement, tu pourrais être « plume », lui dit l'un des garçons en lui frappant sur l'épaule. Mais, avant, il te faudra maigrir pas mal…

— Et je pourrai vraiment faire de la boxe ?

— Mais tu es basketteur !

— Oui… mais pas très bon. Et puis, le basket, ce n'est pas fait pour moi !

La partie était terminée. Ils allèrent se mettre en tenue. Sahara discutait avec Ehara.

— Pour voir… lui demanda Tatsuya, est-ce que je pourrais faire un match ?

— Mais tu n'y penses pas ! Tu ne sais pas quels ennuis tu nous attirerais si tu étais blessé ! La boxe, ce n'est pas comme le basket où l'on fait le joli cœur avec une culotte sexy…

— Laisse-moi faire un petit essai… J'en prends les risques…

— Qu'est-ce que vous racontez ? demanda Eda.

— Ce crétin veut faire un round de sparring-partner ! Tu te rends compte ? Il n'a jamais touché les gants… Suppose qu'on le tue ? Quelle responsabilité…

— Je ne suis tout de même pas une mauviette ! interrompit Tatsuya. J'ai fait du basket ! Laissez-moi faire, je ne ferai pas de blagues… Tiens, Eda, si tu me permets d'essayer, je te tiens quitte de tes dettes de tout à l'heure et même de celles de l'autre jour…

— Laisse-le donc essayer, fit Sahara. Il boxera avec moi !

— À la condition que je n'en sois pas responsable, d'accord ! dit Eda. Le capitaine n'est pas là, profitez-en. S'il le savait, ça ferait plutôt des complications.

Pendant qu'on lui bandait les mains, Tatsuya se mit à rire, d'un rire un peu aigre.

— Tu as l'air bien faraud, espèce d'idiot ! Il n'y a pas de quoi !

— Ce bandage me paraît très chic…

— Crâne si tu veux… Je te conseille de ne pas te faire descendre comme une andouille… Souviens-t'en, si tu es blessé, on ne te soignera pas… Enfile ça !

— Quoi ? Un survêtement ? Non alors, c'est minable ! Passe-moi une culotte courte, c'est plus élégant…

— Tu as fini de faire le pitre ? Ce n'est pas d'un match qu'il s'agit... Quel exhibitionniste ! Tiens, va plutôt t'échauffer un peu...

Tatsuya passa les gants et il lui sembla y nager. Puis il gagna le centre du gymnase. Mitsuda y sautait à la corde.

— Tatsuya ! Que fais-tu ?

— Un match, titre en jeu, avec Sahara !

Tout en parlant, il frappa le sac de sable. Bien qu'il l'eût boxé de toutes ses forces, il le trouva plus dur et plus pesant qu'il ne l'imaginait. Il en eut un frisson.

Autour du ring, les curieux s'assemblaient.

— Vas-y, Monsieur Basket ! cria quelqu'un, et tous éclatèrent de rire. Eda insista pour qu'il mît un casque. Craignant d'être sous-estimé, Tatsuya regimba. Mais au fond, il savait bien qu'Eda ne faisait que prendre pour lui une précaution amicale.

Sahara et Tatsuya montèrent sur le ring. Eda sonna le gong.

— Tape ! cria un spectateur... mais sans forcer...

Tatsuya frappa plusieurs fois dans le vide. Bien qu'il fût court de taille, Sahara lui semblait se rapetisser de plus en plus. Il frappa à nouveau, à droite, à gauche... Autant de coups inutiles. Il en oubliait de se protéger. Son adversaire en profita pour placer quelques crochets du gauche, connus sous le nom de « crochets de Sahara ». En arrivant sur son nez, un uppercut lui fit lever le visage. Il encaissa aussitôt deux directs au corps. Sahara avait tapé trop fort ; néanmoins, Tatsuya essaya d'en rire. Il vit alors les yeux de Sahara qui, eux, ne riaient pas. Limpides, froids, ils semblaient guetter quelque chose. La colère envahit tout le corps de Tatsuya. Soudain, il fut possédé d'une exaltation extraordinaire.

— Qu'est-ce que tu as ? cria Eda.

Tatsuya resserra ses gants et bondit sur son adversaire. Un corps à corps furieux s'ensuivit. Tatsuya frappait rapidement sans penser. Un de ses coups eut l'air de porter. Bientôt, le combat dégénéra en catch. Les deux hommes tournaient autour du ring. Tatsuya se fit acculer aux cordes. Il reçut un crochet dans la poitrine et baissa la tête. Un uppercut terrible lui ferma l'œil droit. Quand il l'ouvrit, il le crut voilé. Quelque chose de chaud et de rouge courut sur son visage.

— J'ai tapé trop fort… excuse-moi, dit Sahara.

Tatsuya voulut bondir à nouveau, mais le gong retentit.

— Ça suffit ! déclara Eda. Qu'en penses-tu ? Tu tiens encore debout ?

— La dernière fois, j'ai tapé trop fort, répéta Sahara. Mais tu sais, tu as bien combattu, en rentrant ton menton. C'est bien et je t'admire.

— Tu n'es pas mal du tout ! coupa Eda.

— C'était très bien, continua Sahara. Ses directs étaient bons… Je contrais ses crochets, mais plusieurs fois je me suis senti tituber.

— Si tu veux abandonner le basket, il te sera facile de faire de la boxe, reprit Eda. À moins que l'expérience t'ait suffi ?

Tatsuya ne put répondre. Sa tête, sa poitrine, ses épaules, tout son corps lui paraissait enfler. Quelques secondes se passèrent, puis il articula péniblement :

— C'est bien… c'est amusant… la boxe, j'aime ça…

— Regarde un peu ta bille avant de prendre une décision. Tu as la gueule enflée comme un ballon de basket.

— Eda… dit Sahara, rafraîchis-lui les yeux et soigne-le.

De ce jour, Tatsuya témoigna une amitié sincère à Sahara.

Tatsuya entra donc au club de boxe. « C'est dommage, dit le capitaine de l'équipe de basket lorsqu'il reçut sa lettre de démission, il faisait des progrès… La boxe lui ira mieux, confia-t-il plus tard à quelques camarades… au basket, il nous empoisonnait ! »

Dès que Tatsuya eut commencé de boxer sérieusement, il devint un autre homme. Il s'acharna. Non seulement il se découvrait un amour profond pour ce sport, mais encore il ressentait, avec la joie du combat, celle de l'isolement parfait qui envahit le boxeur durant tout un match.

Lors du championnat interscolaire qui avait lieu le dernier jour d'automne, il fut désigné pour représenter son lycée, dans une catégorie peu encombrée, celle des « plumes ». C'était une chance.

Les adversaires furent tirés au sort. Tatsuya tomba sur un mauvais numéro et fut obligé, pour ce premier match, d'affronter un champion de l'année précédente. Il fit contre mauvaise fortune bon cœur et dit en riant à ses camarades :

— C'est parfait… je m'amuserai davantage ainsi… Tout bien compté, cela me donne une ou deux chances sur dix de gagner… Les spectateurs ne s'en plaindront pas ! Et pour moi, ce sera passionnant !

Il ne respecta que pendant le premier round les conseils de son coach : « Ton adversaire est un puncheur, ne l'oublie pas… boxe à distance… accumule des points avec ton allonge qui est supérieure à la sienne… reste éloigné… »

Dès le début, par deux fois, il se fit prendre en contre. Au deuxième round, il bondit sur son challenger et dès ce moment, le combat devint très violent. À tel point que les spectateurs se levèrent pour crier des encouragements. Pareil spectacle était plutôt rare dans ces matchs entre lycéens.

Eda s'exclama, presque inconsciemment :

— Je ne peux pas regarder ça ! C'est affreux ! Il va se faire mettre K.O…

Tatsuya ne fut battu qu'aux points. À la fin du troisième round, il s'était fait ouvrir l'arcade sourcilière gauche, les gants de son adversaire étaient maculés de sang. Mais les spectateurs applaudissaient…

Ce sang valut au moins à Tatsuya la sympathie du public. Au lendemain du match, les journaux célébrèrent son remarquable esprit combatif et publièrent : « Tatsuya Tsugawa, quoique débutant, a fait le combat le plus impressionnant de la soirée. Il doit être considéré, désormais, comme un sérieux espoir des “plumes”. »

*

Un samedi, Tatsuya et ses amis allèrent à Tokyo pour s'y amuser. Ils étaient cinq, mais quand ils firent le compte de leur fortune, ils avaient en tout huit mille yens. C'était beaucoup moins qu'ils ne pensaient et bien peu pour se distraire.

Ne pouvant aller dans un bar où ils auraient trouvé des professionnelles, ils cherchèrent quelques filles qu'ils connaissaient. Mais il y eut des difficultés. Finalement, ils décidèrent d'en accrocher dans la rue.

L'application de ce plan se révéla difficile. S'ils affichaient tous des airs de « durs » en présence des prostituées, ils se sentaient penauds à l'idée d'accoster une inconnue. Personne n'ayant voulu y aller le premier, ils tirèrent au sort. Chacun prit un billet de mille yens. Les deux garçons qui hériteraient des numéros les plus faibles seraient envoyés en avant-garde. Tatsuya et Nishimura perdirent.

Ils se promenèrent en critiquant les filles et firent ainsi deux pâtés de maisons de la Ginza. Derrière l'avenue, ils pénétrèrent dans une ruelle et, au coin de la Namikidori, en face d'un marchand de chapeaux, Nishimura vit trois jeunes filles, sensiblement du même âge, vêtues de robes de couleurs voyantes.

— Regardons un peu comment elles sont faites, dit-il, et si elles sont bien, allons-y !

Elles sortirent de la boutique où elles étaient entrées pour faire quelques achats. Toutes trois avaient les traits fins, mais l'une d'elles, Eiko, avait la paupière droite simple et la gauche double[1].

— Elles ont le même nez, dit un des étudiants qui les avaient rejoints. Il doit être en plastique ! C'est la mode, n'est-ce pas ?

Suivies des cinq garçons, les jeunes filles s'en allèrent, puis s'arrêtèrent pour attendre un taxi.

— Alors, on y va ? demanda Sahara. Si on manque ces trois-là, je ne payerai pas ma tournée ce soir…

1. Au Japon comme en Chine, la paupière supérieure à deux plis est considérée comme un signe de beauté. (*N.d.T.*)

Nishimura et Tatsuya se précipitèrent aussitôt pour aborder les jeunes filles, mais lorsqu'ils en furent à quelques pas, Nishimura fut intimidé.

— Tatsuya… dit-il, ton numéro était plus petit que le mien. C'est toi qui dois attaquer le premier. Débrouille-toi !

— Bon, j'y vais, mais, dans ce cas, c'est moi qui choisirai le premier. Reste derrière moi…

Il dut courir un peu et, en arrivant au but, sentit fondre son courage.

— Mesdemoiselles… fit-il avec embarras. Je vous demande pardon… Enfin, je m'excuse… c'est un peu insolent de ma part…

Les trois jeunes filles le regardaient d'un air également étonné. Eiko changea de main ses paquets, et répondit en riant :

— Que désirez-vous ?

Tatsuya devint cramoisi. Il se sentait tout contracté.

— Je… je suis de l'Institut N…, section de sport, non de boxe… je m'appelle Tatsuya Tsugawa… de la section de boxe… oui je l'ai déjà dit… est-ce que…

Il bredouillait affreusement, mais Eiko l'interrompit :

— Bon… vous étudiez la boxe ?

Tatsuya faillit ajouter quelque chose sur la catégorie « poids plumes » mais il ne l'osa. Il reprit son sang-froid et réfléchit rapidement : « C'est à quitte ou double ! Si elles refusent, ce ne sera pas terrible… et si elles acceptent… Maintenant que j'ai dit mon nom, je ne puis plus reculer… Je n'ai qu'à aller jusqu'au bout. »

Il sourit en donnant un coup d'œil derrière lui. Nishimura disparaissait au coin de la rue.

— Excusez-moi, reprit-il avec plus de calme, j'ai couru et cela m'a coupé le souffle. Oui, je suis étudiant, de l'Institut N., de même que mes camarades que vous voyez là-bas… Nous désirons nous distraire un peu, mais nous sommes très ennuyés de n'être qu'entre hommes. Sans femmes, c'est triste, n'est-ce pas ? Alors, si vous aviez un peu de temps à nous consacrer, nous serions heureux de passer la soirée avec vous… Je vous assure que nous ne vous importunerons pas… absolument pas… Nous avons cherché jusqu'à présent des jeunes filles qui nous conviennent, et je vous avoue que nous étions sur le point de nous décourager. Mais nous vous avons trouvées ! Si vous vouliez être assez gentilles pour nous accompagner ? Nous sommes cinq.

— Nous sommes très honorées par votre choix, dirent-elles en riant, mais malheureusement, nous ne sommes que trois !

— Cela ne fait rien ! Cette différence de nombre doit vous assurer de notre correction.

Elles chuchotèrent entre elles, puis sourirent. Alors Tatsuya fit signe à ses copains qui attendaient au coin de la rue. Nishimura bondit le premier.

— Écoutez, dit une jeune fille, ma mère est dans un institut de beauté, à côté d'ici, et nous étions sur le point d'y aller nous défaire de nos paquets. Voulez-vous nous attendre un instant ?

— Ne vont-ils point gêner votre mère ?

— Ne vous en faites pas, elle a sa voiture…

— Expliquez-lui nos intentions, sinon elle pourrait croire que nous sommes de mauvais garçons !

— Comptez sur moi ! Sachiko, veux-tu rester ici comme otage ?

— Ce n'est pas la peine, dit Tatsuya, nous avons confiance en vous… Mais, avant de partir, voulez-vous me dire vos noms ?

*

Tatsuya rejoignit ses camarades :

— Quel succès, hein ? Vous avez vu comment je m'en suis sorti ? Nishimura, tu n'es qu'une nouille, pourquoi t'es-tu tiré ?

— Excuse-moi, je suis né trop poli.

— Tais-toi ! Ce soir, tu seras notre boy ! Ce sera ta punition. Les trois filles s'appellent Eiko, Sachiko et Yuki. Eiko est pour moi, c'est normal… j'ai priorité, puisque j'ai fait tout le boulot !

— Eiko, c'est celle qui a les yeux impairs ?

— Oui… elle a une paupière simple et l'autre double, une deux, une deux, comme à la boxe.

— Tu crânes ; pourtant tout à l'heure tu t'es bien dégonflé… Ferme-la !

Les jeunes filles revinrent et Tatsuya fit les présentations, puis ils allèrent tous ensemble vers une boîte de nuit bon marché. Matsuno, qui s'occupait de la caisse, souffla à Tatsuya :

— Je crains qu'il n'y ait pas assez de fric… Si le type qui a tiré le troisième numéro allait déposer sa montre chez un prêteur ?

— Nos huit mille yens seront justes, mais Sahara m'a dit plusieurs fois qu'il avait du crédit auprès du patron de la boîte. De toute manière, nous ne pouvons demander de l'argent aux filles, je m'y suis engagé.

— T'en fais pas, je sauverai la face.

Durant toute la soirée, Tatsuya monopolisa Eiko. Vers onze heures, Sahara déclara :

— Il faut s'en aller… cela vaut mieux pour les filles.

Toutes trois regardèrent l'heure et dirent ensemble :

— Il est tard, nous devons rentrer.

Mais Nishimura fit un signe à Sahara :

— Restons encore une demi-heure… rien que trente minutes…

Pendant une pause, Tatsuya s'écarta un peu avec Eiko et celle-ci le fit asseoir à une table voisine.

— Prenez cela, dit-elle, ce ne sont que les frais de voiture… Je pense que vous devez être complètement fauchés !

Elle lui passa un petit paquet enveloppé d'une pochette et Tatsuya protesta :

— Non… non… surtout pas…

— Ce n'est rien, dit-elle en écartant sa main, grâce à vous nous avons passé une excellente soirée.

— Je vous remercie beaucoup, répondit Tatsuya en prenant l'argent… En effet, nous n'avions pas assez… Nous n'y avions pas pensé…

*

Au printemps de la troisième année scolaire, lors d'un match au gymnase de Yokohama, Tatsuya reçut, peu avant le combat, un bouquet de fleurs. Il avait été apporté par l'huissier et une carte l'accompagnait : « Pour M. Tatsuya Tsugawa, de tout cœur, bonne chance. »

Des copains qui avaient lu le mot éclatèrent de rire :

— Une admiratrice dans la salle ! Tu vas y aller, aujourd'hui ! Allonge-les et tape sec !

— Monsieur reçoit des vœux maintenant ? Mais si tu te fais battre, il vaut mieux soigner ton nez que tes fleurs[1]. Tu en as de la chance ! Cette dame va te crier pendant tout le combat : « Chéri, courage ! Chéri, gagne ! »

— Ne rigolez pas, répondit Tatsuya, je me demande qui a envoyé ces fleurs.

— Allons, ne dis pas de blagues !

— Je vous dis la vérité…

— Eh bien, quand tu seras sur le ring, tu comprendras vite !

Tatsuya vit tout de suite, parmi les spectateurs, les trois jeunes filles qu'il avait abordées quelques jours auparavant. Habillées de couleurs voyantes, elles étaient assises au troisième rang. Eiko portait un kimono, ce qui la faisait encore plus remarquer.

— Elle est venue… dit-il songeusement. Mais quelle idée d'applaudir un match de boxe en kimono… Ce n'est pas la fête des fleurs.

1. Jeu de mots japonais : le nez se prononce *hana*, homophone de *hana*, la fleur. (*N.d.T.*)

Eda cligna de l'œil et lui souffla :

— C'est elle, n'est-ce pas ?

*

L'arbitre appela les noms et, quand il cria Tatsuya, les jeunes filles applaudirent. Cela gêna le jeune homme qui hocha la tête et fit la moue. Malgré tout, il leva la main pour saluer.

Le match ne fut pas palpitant. L'adversaire était trop faible. Tatsuya évita quelques punchs venus de loin, entra en corps à corps et descendit l'autre d'un crochet. Les cris stridents d'Eiko le stimulaient et il tapait sur le pauvre type bien plus qu'il ne fallait. Au coup de gong, il revint dans son coin avec cet air coupable des joueurs de cartes que l'on surveille par-derrière.

Au deuxième round, son adversaire déjà groggy buta contre sa poitrine et sa tête, en portant violemment sur son arcade sourcilière gauche, rouvrit son ancienne blessure. L'arbitre les sépara et, en élevant le bras de Tatsuya, le déclara vainqueur par K.O. technique.

La main sur sa plaie, Tatsuya regardait fixement son adversaire battu.

— Ôte ta main, n'y touche pas ! criait Eda.

Le champion passa sous la corde en fermant un œil. « Tatsuya ! Tatsuya ! » criaient Eiko et ses amies.

Alors, il ouvrit sa paupière sanglante et essaya de rire.

Après avoir reçu un premier pansement, il changea de vêtements et sortit du gymnase pour aller à l'hôpital avec Eda. Les trois jeunes filles l'attendaient à la sortie.

— Êtes-vous blessé ?

— Oui, un coup de tête a ouvert mon ancienne blessure.

— Ce n'est pas grave ?

— Ce n'est rien... Je ne pourrai vous tenir compagnie aujourd'hui, s'excusa-t-il, je dois aller à l'hôpital.

— Profitez donc de ma voiture, dit Eiko. Elle est en face. Où se trouve votre hôpital ?

Eda les quitta sous un prétexte quelconque.

Après avoir ouvert la portière de l'auto, Eiko recommanda à Tatsuya de s'étendre sur la banquette arrière.

— Ce n'est pas nécessaire, répondit-il en s'asseyant à côté d'elle. Vous allez conduire en kimono ?

— Naturellement... ce n'est pas difficile...

Elle embraya. Tout en regardant la route, Tatsuya dit à voix basse :

— Merci pour le bouquet... Mais vous étiez bien bruyantes pendant le match... savez-vous que cela gêne les combattants ?

— On vous a gêné ! Vous ne manquez pas d'audace ! Nous dire cela à nous, qui sommes venues vous applaudir tout exprès !

Ses deux amies, qui s'étaient assises à l'arrière, éclatèrent de rire.

— Monsieur Tatsuya Tsugawa, reprit Eiko, vous êtes encore plus culotté que je ne l'imaginais... Vous me décevez.

— Quoi ! rétorqua Tatsuya, vexé, c'est bien vous qui avez fait tout ce vacarme ! Moi, je ne l'aurais pas osé ! Et puis, je vous l'ai dit, cela gêne !

Tandis qu'elle se taisait, il se souvint de ce qu'elle lui avait dit, par la portière du taxi, à Tokyo.

« Un de ces jours, j'irai voir un match. »

Tout à coup, il pensa à la pochette dans laquelle elle lui avait glissé l'argent, et qu'il ne lui avait pas rendue.

— Votre pochette... dit-il avec embarras. En rentrant Matsuno a été malade... Nous nous en sommes servis... Et après cela, je l'ai jetée.

— Vous n'êtes pas particulièrement galant.

Il se tut.

Elle le déposa devant l'hôpital et repartit aussitôt. Un peu triste, Tatsuya regarda la voiture démarrer et prendre de la vitesse.

« Imbécile ! pensa-t-il, je n'allais tout de même pas imaginer qu'elle viendrait jusqu'à la salle de traitement pour m'y panser ! »

Il monta lentement l'escalier et y rencontra un de ses amis, joueur de football, qui descendait, la main bandée.

— Je me suis cassé le bras, dit-il en regardant curieusement le visage tuméfié de Tatsuya.

— J'ai gagné par K.O. technique.

— Félicitations.

De sa main libre, il serra amicalement la main du boxeur.

La blessure de Tatsuya n'était pas grave ; pourtant, il dut demeurer couché pendant plus d'une heure. Son pansement était presque terminé quand une infirmière entra :

— Monsieur Tatsuya, on vous demande au téléphone.

— Le traitement n'est pas fini, dit le médecin. S'il y a une commission à lui faire, prenez-la.

Quand il en eut terminé avec les soins, Tatsuya demanda au guichet qui l'avait appelé.

— On a seulement demandé si vous étiez encore ici et quel était l'état de votre blessure, répondit l'infirmière. J'ai dit que vous étiez en traitement.

Tatsuya pensa qu'il s'agissait d'Eda et sortit. Un coup de klaxon le fit sursauter. C'était Eiko.

— Qu'y a-t-il ? répondit-il à ses signes.

— Je viens de fausser compagnie à mes amies.

— Mais comment avez-vous su que j'étais encore ici ?

— J'ai téléphoné.

Il s'assit auprès d'elle. Sous son costume européen, il la devina svelte et bien faite. Sa déception fit place au bonheur.

Dans la soirée, ils burent de l'alcool ensemble. Bientôt, un début d'ivresse vint s'ajouter à l'affaiblissement causé par sa blessure. Cela lui apporta un plaisir nouveau auquel se mêlait un peu de trouble…

*

À dater de ce jour, les jeunes gens se rencontrèrent souvent. Eiko connaissait beaucoup de gens. Même dans les plus petits bistrots, elle recevait toujours un ou deux saluts. Au début, elle présenta ses amis à son compagnon, mais elle s'aperçut rapidement que cela ne lui plaisait pas et s'en abstint désormais. Elle ne répondit plus qu'évasivement aux sourires qui lui étaient adressés, mais Tatsuya continua de la surveiller pour savoir si elle connaissait plus d'hommes que de femmes. Bien qu'il ne lui en fît aucun reproche, tous ces gens l'inquiétaient. Leurs relations étaient encore chastes, mais parmi ces consommateurs qui saluaient Eiko, y en avait-il qui la connaissaient de façon plus intime ? Et s'il y en avait, quel droit Tatsuya aurait-il pu invoquer ? Il ne savait même pas s'il éprouvait pour elle un sentiment particulier, ou s'il cherchait simplement le plaisir charnel qu'il avait expérimenté si souvent avec d'autres femmes… Était-elle différente ?

Tatsuya n'était pas sentimental. S'il s'était laissé prendre aux coquetteries féminines, ses camarades se seraient moqués de lui. Ils lui ressemblaient. À leurs oreilles, le mot « amour » n'avait qu'un son chatouilleux et stupide. Dans leurs conversations, ils ne s'en servaient que par dérision et pour taquiner les puceaux. Matérialistes, ils considéraient les sentiments comme des accidents physiques sans importance. Ainsi raisonnaient-ils pour l'amitié entre camarades, l'affection d'un père envers ses enfants et vice versa. Seule, leur mère trouvait grâce. Ils ressentaient pour elle une tendresse exceptionnelle qu'ils étendaient parfois à celle de leurs amis. Séparés d'elle, ils se mettaient à regarder les autres femmes avec dépit. Si, après des ruptures de ce genre, l'un ou l'autre revenait à sa mère, il avait reçu dans l'intervalle un cadeau de l'aventure : l'expérience, et ses gentillesses d'autrefois reflétaient, malgré lui, ses désillusions.

Tatsuya connaissait un jeune homme qui avait frappé sa mère à coups de pied, parce qu'elle avait pris un amant après que son mari l'eut quittée pour une maîtresse. Il donnait comme mobile à son acte sa haine pour son père. Aucun de ses amis ne lui fit le moindre reproche. Au contraire, ils admirèrent sa virilité et l'envièrent secrètement.

L'amitié que se témoignaient ces jeunes gens était très différente de celle qui liait ceux des générations précédentes. L'idée de sacrifice, d'altruisme, ne les effleurait même pas et leur entente ne résistait pas à la moindre dette. La seule morale qu'ils se reconnussent était le respect de la vie privée. Hors cela, tout entre eux n'était que calcul, complicité et friponneries. Leur conduite glissait fatalement vers le pire, car si l'on met au compte des frasques de jeunesse de vilaines affaires de mœurs ou d'argent, il s'agissait, pour ces collégiens, de combinaisons soigneusement préparées.

Les adultes s'en inquiétaient, la génération qui montait risquant fort de troubler l'ordre qu'ils avaient eu tant de peine à établir. Ils s'en souciaient autant que des communistes… Cependant, ces jeunes immoralistes construisaient peut-être un monde neuf où s'épanouiraient, tels les cactus dans le désert, de nouvelles valeurs morales…

Avec les adolescents de son âge, Tatsuya luttait contre la morale des hommes mûrs. Ils en avaient assez de sa sécheresse, de son ennui, des déboires qu'elle leur causait. Le monde, que les adultes se flattaient d'avoir élargi et développé, n'était pour eux qu'un cercle étriqué qui leur donnait la nausée et qu'ils voulaient détruire pour plus de liberté, plus de pensée, plus de vie aussi.

Tatsuya avait été gâté par sa mère, mais il éprouvait pour son père un sentiment complexe et gênant. Un jour, alors qu'il s'initiait à la boxe, il l'avait rencontré dans le train, à son retour du gymnase. Il s'assit auprès de lui, en deuxième classe, et savoura ce confort qui lui était permis lorsqu'il était enfant.

— Je suis fatigué, dit-il. Heureusement que la deuxième classe est plus agréable que la première que je prends toujours… J'aimerais pouvoir la prendre au moins les jours d'entraînement…

— Quoi ! s'exclama son père en rejetant son journal du soir. Tu n'es qu'un étudiant et tu oses… Si la boxe t'épuise, tu n'as qu'à l'abandonner… Je ne suis pas aussi riche que tu l'imagines !

« Voilà qu'il veut me faire croire qu'il n'est pas riche… » pensa Tatsuya amèrement, et il fut envahi d'une haine farouche.

Un mois plus tard, son père mit un dimanche à profit pour s'entraîner à la course annuelle de rowing des anciens de son école. En son temps, il avait été champion.

— Regarde, dit-il à Tatsuya, je suis encore solide ! Mes abdominaux tiennent mieux que tes muscles de boxeur ! Tâte… frappe même, pour voir…

Tatsuya toucha ce ventre. Il était dur. Il frappa de toutes ses forces.

— Tu n'aurais pas dû taper aussi fort, lui dit son père d'un air peiné, en s'appuyant au bord de la véranda. Gêné, Tatsuya détourna la tête.

Le lendemain, sa mère lui fit des reproches :

— Ton père vient de cracher un peu de sang.

Tatsuya ne répondit rien, mais quelques jours plus tard alors qu'il revenait de l'entraînement, le visage enflé, il dit à son père :

— Regarde ma tête… J'ai attrapé une fameuse correction aujourd'hui !

Il tenait à prouver ainsi qu'il avait expié à sa façon. Mais au lieu de lui dire : « C'est bien fait », son père le regarda avec inquiétude :

— N'as-tu pas trop mal ? Surtout soigne-toi bien.

Tatsuya en fut décontenancé. Cette attitude bousculait sa conception de la justice.

*

Quand il rêvait d'amour, Tatsuya voyait toujours une forêt où il se promenait tout nu en compagnie d'une femme. Il n'aurait su dire où cela se passait, mais il aurait pu dessiner le portrait de cette femme qu'il savait pure et plus jeune que lui. Cependant, la première fois qu'il dansa avec Eiko, il ne put se la figurer dévêtue. Cela l'étonna. Jusqu'à présent, les femmes lui avaient donné du plaisir rapidement. Il en changeait comme elles-mêmes changeaient de parures. Une de ses amies prétendait que la mode est une expression individuelle, une création personnelle de la femme, mais Tatsuya pensait que ce n'était que la poursuite perpétuelle du désir. À travers toutes ces silhouettes, lui aussi en cherchait une…

Cette insatisfaction le poussait, ainsi que ses camarades, à considérer les femmes comme des objets décoratifs. Ils se montraient leurs maîtresses comme les coquettes se montrent leurs robes et, lorsque l'un d'eux présentait à un autre une femme qui avait déjà servi, il se couvrait de ridicule comme une toilette démodée dans une collection dernier cri.

Si la mode possède, malgré tout, un sens historique, la versatilité de Tatsuya le concernait seul. L'explication, pourtant, en était simple. Dès qu'il engageait une nouvelle aventure, il en connaissait l'ennui. Il lui en restait un besoin obstiné d'étreintes violentes.

Un peu avant l'été, Eiko vint à Hayama, y préparer sa villa d'été. À cette occasion, elle rendit visite à Tatsuya qui habitait Zuski. Ce jour-là, le garçon l'invita à faire un tour en mer, sur son yacht. Au retour, alors que le soleil se couchait, elle lui déclara qu'elle passerait la nuit à Hayama, car il était trop tard pour regagner Tokyo.

Tatsuya emmena Eiko chez lui et l'invita à dîner. Quand elle eut pris son bain, il la conduisit dans un pavillon construit dans le jardin. L'habitation se composait de deux pièces communicantes. L'une constituait une sorte d'entrée. Une natte était posée à terre pour les exercices de gymnastique et, dans un coin, un sac de sable était suspendu à un gros chevron. Eiko essaya d'y donner un coup de poing, mais il était si dur et si lourd qu'il ne bougea pas. La toile rugueuse marqua ses doigts. Sans savoir pourquoi, elle se sentit heureuse et se mit à rire.

Tatsuya était retourné à la villa pour prendre un bain. Il se doucha à l'eau froide et, pour la première fois, songea à aimer Eiko. Enveloppé seulement d'une grosse serviette, il se rendit au pavillon et, derrière le shoji[1], appela : « Mademoiselle Eiko ! »

Il devina qu'elle se tournait vers lui et enfonça son membre dressé à travers le papier qui se déchira avec un bruit sec. Surprise, Eiko jeta le livre qu'elle lisait.

1. Cloison de papier. (*N.d.T.*)

Nerfs tendus, Tatsuya sentit courir en lui le désir. Vigilant comme sur le ring, il savoura ce plaisir tremblant qui précède l'instant du combat.

Il fit glisser le shoji et entra dans la pièce. Souriante, Eiko était assise sur la natte, une main appuyée à terre. Ses yeux étincelaient. Ils brillaient d'une fièvre insolite, provocatrice. Elle était si belle que Tatsuya en fut intimidé. Il fit un pas et elle rit d'un rire sonore :

— Je vous en prie, dit-elle, voulez-vous taper dans ce sac de sable ? Vite… très vite…

Sans un mot, il frappa à coups redoublés jusqu'à ce que le sac se crevât et pendît lamentablement.

Alors, Eiko le prit dans ses bras et le serra étroitement.

Il la souleva et, après avoir écarté le rideau, la déposa sur le lit. Elle riait toujours.

— Je t'aime, dit-il pour la première fois de sa vie.

Dans ce tendre corps à corps, Tatsuya fut battu. À cause du trouble qui l'avait envahi en la prenant ? Ou du rythme précipité qu'elle lui avait imposé ? Il éprouvait une émotion, un bonheur, une jouissance charnelle jamais goûtés jusque-là. Pourtant il avait perdu ce match d'amour. Eiko avait arraché seule ce qu'il convoitait. Alors qu'il aurait voulu la posséder entièrement et la piétiner ensuite, avec volupté, il n'avait su que se faire prendre au piège, comme un oiseau. Lorsqu'il se posa sur sa compagne, son regard exprima l'admiration, l'affection et l'attente joyeuse qu'il ressentait en face d'un adversaire vainqueur. Mais il s'étonna de discerner aussi, en lui, comme un désir de vengeance…

*

Deux jours plus tard, en entrant au gymnase, Sahara vint tapoter le dos de Tatsuya :

— Eiko est là… Elle n'ose pas entrer… Mais elle dit qu'elle a besoin de toi.

— Qu'est-ce qu'elle fait là ? Je n'aime pas être dérangé pendant l'entraînement ! Et puis je ne peux sortir maintenant. Dis-lui d'entrer !

Sahara revint avec elle. Les étudiants furent éberlués de la voir arriver triomphalement, pareille à un champion avec son blouson blanc et sa jupe noire. Elle s'approcha du ring et fit un signe de la main.

— Je viens te chercher.

— Pour aller où ?

— Quelle question !

Tatsuya interrompit son entraînement et se dirigea vers le vestiaire. Il rencontra Eda qui en sortait.

— Dis donc, dit-il avec un regard vers Eiko, si tu veux jouer au champion, il faut surveiller ta forme… L'amour, ça coupe les jambes… Tu ne dépasseras plus le quatrième round…

Malgré cet avertissement, Tatsuya rencontra Eiko trois jours de suite. Il en oubliait ses espoirs de vengeance. Il était devenu le jouet de cette femme. Pourtant, la troisième nuit, il remarqua sous les yeux de son amie des cernes bleuâtres…

« Je suis peut-être en train de gagner », pensa-t-il.

*

Une semaine plus tard, Tatsuya rencontra Eiko dans un dancing. Elle le salua des yeux, mais continua de parler à voix basse avec un inconnu. Tatsuya fut empli de rage, car Eiko lui avait adressé ce coup d'œil distrait qu'elle réservait aux autres hommes quand il l'accompagnait. Pour la première fois, il éprouva une jalousie furieuse. Il ne savait même pas de quoi était fait ce sentiment, sinon que la haine y dominait. Toutefois, il passa devant la jeune femme en affectant l'indifférence. Il craignait que la colère ne le mît en état d'infériorité.

« Pourquoi s'est-elle donnée à moi ? pensait-il. Suis-je pareil aux autres ? Après une nuit d'amour, nous considère-t-elle comme de pauvres types ? Qui sont ses amants ? Des dandys, des brutes, des saxos alto ? Des gars moins bien qu'elle collectionne comme les estampes de son boudoir ? Au moment de la possession, ces hommes différents ne sont-ils pour elle que "le mâle" ? Ne leur demande-t-elle pas un peu plus ? »

Le comportement d'Eiko prenait ses racines dans un drame qui s'était déroulé dans sa vie, trois ans plus tôt. Alors, elle était pure et attachée à un jeune homme que sa famille avait agréé comme gendre. Un jour, elle décida de se donner à lui. Ce devait être un secret entre eux. Ils choisirent un hôtel de Yugahara et s'y rendirent par des chemins différents. Eiko arriva la première et attendit. Peu après, un coup de téléphone de l'hôpital d'Odawara lui apprit que son fiancé venait d'être tué dans un accident, au passage à niveau de la ligne de chemin de fer Tokyo-Osaka. En mourant, il avait prononcé son nom et donné l'adresse de l'hôtel. Alors qu'elle se rendait à l'hôpital,

Eiko vit la voiture déchiquetée de son ami. Et tout à coup, elle pensa que son amour détruisait les hommes. Elle se souvint que, petite fille, elle avait aimé deux de ses cousins. Ils avaient été tués pendant la guerre. Elle s'était ensuite attachée à des garçons qui étaient morts subitement.

Cette idée devint une obsession. Elle résolut alors de tromper la mort en arrachant aux hommes ce qu'elle désirait et en les abandonnant aussitôt.

Elle tenta une expérience avec le frère d'une de ses amies. Ce jeune homme venait de faire un mariage d'amour et Eiko en souffrait. Il céda à ses avances et négligea bientôt sa jeune femme qui était un peu naïve. Lorsque cette dernière apprit son infortune, Eiko avait déjà délaissé son amant. Cependant le ménage sombra.

Eiko alla ainsi d'aventure en aventure. Au moment de la possession, alors qu'elle criait et gémissait, elle pensait qu'il lui serait facile d'aimer l'homme qui lui donnait ce plaisir. Mais sitôt que ses sens étaient apaisés, elle s'en détournait. « Ce n'est pas cela… se disait-elle avec lassitude. Je ne pourrai jamais retrouver ce que je désirais autrefois. » Elle revivait ce jour où elle courait comme une folle vers la voiture écrasée de son fiancé. Elle était morte, elle aussi, ce jour-là. Toute sa joie de vivre s'était réfugiée dans des souvenirs qu'elle aimait.

Depuis, son existence s'accordait avec le rythme de cette grande ville où tant d'hommes et de femmes se liaient, s'accouplaient, se déchiraient. Sa rencontre avec Tatsuya n'en serait qu'un nouvel épisode. Cependant, elle pensait avec joie à la défaite sensuelle du jeune homme, lors de leur première étreinte. Elle y voyait une revanche sur la fatalité et une raison d'espérer. La griserie qu'elle avait arrachée égoïstement lui semblait nécessaire pour conjurer le mauvais sort et les cernes qui l'avaient marquée, la troisième nuit, provenaient moins de la volupté que de son désespoir d'aimer Tatsuya.

Pendant deux mois, elle l'évita, par crainte d'attirer le malheur sur lui. Puis, elle n'y tint plus et vint le retrouver au club avec un cousin de son amie Yuki. Elle était anxieuse et repentante, état d'esprit assez rare chez elle. Bien qu'il fût profondément vexé, Tatsuya en oublia sa jalousie. Il maîtrisait assez bien ce genre d'humiliation. À une époque où il était intime avec une danseuse connue, il avait été menacé par un souteneur. Esquivant habilement le coup de poing du type, il lui avait déclaré, pour couper court à la bagarre :

— Je comprends ta jalousie. Personnellement, je ne tiens pas à la fille. Reprends-la. Adieu !

Néanmoins, l'affaire lui avait laissé un regret.

*

Six jours plus tard, avec un faux air entendu, Eda dit à Tatsuya :

— Comment vont tes affaires avec Eiko ?

— Bien, je la vois souvent.

— Alors c'était toi qui dansais avec elle, hier soir, au Caspi ? J'aurais dû t'appeler…

Tatsuya jeta un coup d'œil mécontent à son ami, puis il fit comme si la chose ne le touchait pas. Cependant, il demeura anxieux et, dès la fin de l'entraînement, rentra chez lui sans muser.

Le soir même, en compagnie de quelques amis, il se rendit au Caspi. Ils y choisirent quelques entraîneuses. Peu après, l'une d'elles quitta Nishimura pour aller bavarder dans une loge, de l'autre côté de la piste. Tandis que son camarade se fâchait, Tatsuya la regarda distraitement. Et soudain, il crut reconnaître l'homme auquel elle parlait. Oui, c'était bien celui qui dansait avec Eiko, deux mois auparavant. Le même, sans doute, qu'Eda avait prétendu voir la veille, avec elle. Quand l'entraîneuse revint, Tatsuya lui demanda sur un ton d'indifférence :

— Qui est ce type ?

— Le chef d'orchestre du Five Roses. Il est trompettiste et travaille quelquefois au Caspi. C'est un gars très à la mode.

Quand le musicien gagna la piste pour danser, Tatsuya se leva lui aussi et enlaça une entraîneuse. Peu à peu, il s'approcha de l'homme et lui marcha brutalement sur le pied. L'autre ne dit rien mais, à un moment propice, il lui décocha un coup d'œil et lui écrasa le pied à son tour.

Tatsuya résista à la tentation de le provoquer sur-le-champ. Il se rassit et après avoir demandé aux filles d'aller voir, dans les salons voisins, s'il ne s'y trouvait pas des inspecteurs de police, il réunit ses copains pour discuter avec eux d'un plan d'action.

Tatsuya enroula autour de sa main et de son poignet la ceinture de cuir de Nishimura, puis Tamiya, un petit rigolo, interpella le musicien d'une voix emphatique. Piqué, celui-ci monta au premier étage pour corriger l'insolent. Mais Tamiya lui cria dès qu'il eut gravi l'escalier :

— Veux-tu savoir comment on devient fou ?

— Quoi ?

— Alors, demande-le au monsieur qui est derrière toi.

L'homme fit volte-face et Tatsuya lui décocha un direct terrible en pleine face. Il vacilla, fit un faux pas et dégringola l'escalier jusqu'au bord de la piste où le tapis amortit sa chute. Bien qu'il n'eût pas de blessure grave, il se releva péniblement en essuyant sa lèvre supérieure qui saignait. Tatsuya descendit, saisit le musicien par le revers du veston et cria :

— Comprends-tu pourquoi ?

— Sans doute parce que je t'ai écrasé le pied, répondit l'autre en léchant sa blessure.

— Tu as compris ! Alors pourquoi as-tu fait semblant de ne pas t'en apercevoir tout à l'heure ?

Il le frappa à la base du menton, puis sur la figure. Sa plaie s'ouvrit largement. Enfin, Tatsuya remonta l'escalier et fit mine de secouer le sang qui tachait ses doigts :

— Demain soir, tu n'auras qu'à remuer les maracas au lieu de jouer de la trompette !

Il était excité comme un enfant que l'on vient de mener à un film de samouraïs.

Un peu plus tard, Tatsuya rapporta l'incident à Eiko qui applaudit en riant :

— Alors, Tatsuya, c'est que tu es jaloux de moi ?

Elle éclata de rire à nouveau comme si elle venait de faire une découverte. Un moment flatté, Tatsuya se rembrunit. « Ai-je vraiment agi par jalousie ? se dit-il, je n'en sais rien. Mais je suis content d'avoir rossé le bonhomme et que cela fasse rire Eiko ! »

Il ne s'était pas analysé au moment de la bagarre. D'ailleurs, il ne voulait pas donner de signification à son acte. Il en acceptait seulement le plaisir violent. L'essentiel était de savoir s'il avait agi volontairement ou non. Le pourquoi importait peu. Ainsi éliminait-il tout sentiment de culpabilité ou de remords. Si le regret de la faute assaillait parfois les autres, lui-même ne donnait de poids qu'à l'action. Sa poursuite de l'amour illustrait cet état d'esprit, car le goût de la lutte et de la victoire le guidait. Les femmes qui lui cédaient rapidement ne l'intéressaient pas. De son point de vue, seule la difficulté donnait un sens aux actes et la résistance, une valeur à l'accomplissement. Cette philosophie l'autorisait à utiliser sa force sans scrupule et à la moindre occasion.

Ce soir-là, Eiko et Tatsuya passèrent la nuit dans un hôtel de Tokyo. Et cette fois encore, Tatsuya gagna…

*

L'été arriva. Tatsuya et son frère Michihisa décidèrent de repeindre leur yacht. C'était une tâche annuelle. Tous deux calfatèrent les fentes et polirent la coque ronde du bateau qui ressemblait à un sea horse. Tout en se racontant des histoires de l'année précédente et les aventures que leur yacht leur avait permises, ils en caressaient les flancs et en tâtaient la finesse. À leur avis, un yacht valait bien une auto et Tatsuya en avait résumé ainsi toute la séduction :

« Une femme que l'on prend à bord d'un voilier est plus belle que celle que l'on prend dans une voiture, parce qu'on la voit tout de suite à poil... Et puis, en mer, il n'y a pas de flics ! »

Ce raisonnement convainquit plusieurs de ses camarades qui n'eurent de cesse d'ennuyer leur père jusqu'à l'achat d'un snip.

Les deux frères cherchèrent aussi le nom qu'ils donneraient à leur bateau pour la saison. Deux ans auparavant, ils l'avaient appelé « Dandy », l'année suivante « Moteru » (être aimé). Cet été, ils voulaient quelque chose de très vulgaire.

— Onori (monte là-dessus), suggéra Tatsuya.

— Un mot de fille ! C'est idiot ! objecta Michihisa.

— Et Bel-Ami ?

— Cela ressemble à Berammei (imbécile), mais si tu y tiens, ça peut aller, consentit Michihisa.

Deux semaines passèrent. De retour de la montagne, Nishimura vint s'installer à Hayama et tous ses copains l'y suivirent. Afin d'éviter l'encombrement de la plage, Tatsuya et son frère allèrent ancrer leur yacht en face de la villa de Nishimura. C'était la période où la société mondaine de Tokyo fuit la grande ville pour la montagne ou la mer. Aussi Eiko vint-elle résider dans sa villa de Hayama.

Tatsuya sortit souvent avec elle. Certains soirs, ils allaient au club, ancienne résidence d'une famille de la noblesse. D'autres fois, ils passaient la nuit dans un hôtel. Le plus souvent, ils partaient en mer.

Tatsuya n'en oubliait pas pour autant ses habitudes de chasseur. Parmi ses nombreuses conquêtes, il y eut cette année-là un mannequin qui posait pour des magazines de mode, une starlette et quelques figurantes de cinéma.

Il racontait ses succès à Eiko qui en riait ou ne répondait pas. Cela l'agaçait.

Au mois d'août, il emmena la jeune fille en mer. Ils emportèrent du saké (alcool de riz) et des provisions pour dîner à bord. Ils pourraient ainsi ne rentrer que tard dans la nuit et profiter de la fraîcheur. Lorsque la brise du soir se leva, le yacht partit vers le large, alors que les barques rentraient. Ils mirent le cap sur Enoshima. Quand ils arrivèrent en face d'Inamuraga saki, le vent tomba subitement. Tatsuya jeta l'ancre et cala la voile. La mer était pareille à de l'huile lourde et une libellule qui voletait dans le crépuscule vint se poser sur le mât. Une à une, les maisons de Zushi s'éclairèrent et brillèrent dans l'obscurité. Étouffés, les bruits de la grand-route de Yui ga hama parvinrent jusqu'à eux.

Le phonographe apporté par Eiko se découpait sur le soleil couchant et le disque murmurait un air languissant. Sans le clapotis des vagues contre les flancs du yacht, la mer aurait eu l'aspect d'une piste de dancing.

— Cette musique me met des fourmis dans les jambes, dit Tatsuya.

— Dommage que l'on ne puisse danser ici…

— Ah ! si c'était un cruiser, nous aurions tout le pont !

À l'horizon, le rouge s'estompait. Quelques reflets étincelants sautillaient sur la mer, les poissons qui bondissaient à l'entour du bateau.

— D'où viennent ces reflets ? demanda Eiko.

— Sans doute des baudroies porte-lanterne…

La lune n'était pas encore levée. Tatsuya ôta sa chemise bigarrée et déclara :

— Je vais nager un peu… l'alcool m'a donné chaud.

En plongeant de la proue, il dessina quelques rides à la surface de la mer, puis le silence revint. Inquiète, Eiko fixa l'eau noire. Il y eut un bruit assez loin, et la tête de Tatsuya apparut.

— Viens, cria-t-il, l'eau est tiède…

— Attends-moi !

Elle plongea aussitôt et le yacht roula. Quelques vagues frappèrent sa coque. Elle nagea vers l'endroit où se trouvait Tatsuya, mais il avait déjà disparu. Effrayée, elle rejoignit la silhouette blanche du bateau.

— Tat chan ! Tatsuya ! cria-t-elle.

Alors qu'elle essayait de grimper sur le yacht, il lui répondit d'une voix amusée :

— Eiko ! je suis ici ! Tu croyais que j'avais coulé ?

Elle tenta de se rapprocher de lui, mais quelque chose de gluant la frôla.

— Qu'est-ce que c'est ? dit-elle en se cramponnant à son ami.

— Une méduse sans doute… Tiens, regarde ! Il y en a des tas ! Nous ne sommes pas assez au large…

— J'ai peur… rentrons au bateau.

— Froussarde !

Elle l'étreignit davantage. Il la serra dans ses bras et chercha ses lèvres. Étroitement embrassés, ils en oublièrent de nager et coulèrent… Alors ils se séparèrent et remontèrent à la surface pour y éclater de rire. Avant de gagner le yacht, ils jouèrent… Tatsuya admira le corps blanc d'Eiko, qui filait sous la quille, comme un poisson, puis il le pourchassa. Au-dessous d'eux, les méduses se coulaient comme des fantômes, ou comme des parapluies, tantôt luisantes, tantôt sombres… C'était beau et mystérieux.

Ils se hissèrent sur le yacht et s'étendirent sur le pont. De leurs cheveux mouillés, des gouttes ruisselaient sur leur front, jusqu'à leur bouche où elles se faufilaient. Leurs baisers avaient le goût du sel. Ils ôtèrent leurs maillots de bain et restèrent scellés l'un à l'autre, en guettant la marée de leur désir. Le yacht tanguait un peu. C'était un berceau de volupté.

Ce soir-là, Eiko et Tatsuya découvrirent l'entente physique, le plaisir parfait tel qu'on le rêve. Ils s'abandonnèrent… Le temps passait et leurs sens éveillés percevaient plus que d'ordinaire le roulement du yacht, le tapotement des vagues. Ils étaient seuls.

La lune monta derrière la colline du port et Eiko s'appuya à l'épaule de Tatsuya. Elle aurait voulu que cette lune devînt claire comme le jour, pour eux seuls, pour célébrer sa naissance à l'amour. Cette fois, elle était sûre d'avoir complètement aimé. C'était sa première expérience heureuse et, candidement, en regardant ce lever paisible, elle guettait quelque présage. Or, lorsque la lune devint pleine, il lui sembla qu'elle s'assombrissait… mais c'était elle qui avait les larmes aux yeux.

La nuit, maintenant, s'emplissait d'une clarté laiteuse. Le foc battait doucement sous la brise qui caressait la mer et baignait de fraîcheur leurs joues enfiévrées. Tatsuya hissa la grand-voile et, côte à côte, ils s'assirent au gouvernail. Le yacht tangua vers le port. Près de la plage, les lumières des villas coururent à eux, avec la marée basse, puis les poursuivirent à la surface de la mer.

— Regarde ! dit Tatsuya, la Riviera, ce doit être comme cela…

Ils s'embrassèrent.

*

Cette nuit-là changea Eiko. Enfin, elle était sortie de sa solitude, pour se donner et s'abandonner. « La malédiction est écartée, pensait-elle, cette fois je puis aimer, aimer vraiment ! »

Elle ne s'interrogeait pas sur la durée de ce sentiment. Elle ne savait s'il provenait d'un brasier éternel ou d'une étincelle jaillie entre deux chairs. Elle était liée à Tatsuya, du moins momentanément, et ne voulait pas savoir si, plus tard, il ne resterait entre eux que le souvenir d'un instant d'amour.

Après cette révélation, Eiko se persuada qu'elle avait besoin de tendresse. L'affection s'installa en elle. Elle s'y installa à tel point qu'elle lui fit commettre l'erreur que font toutes les femmes : elle voulut Tatsuya tout entier. Ce désir effréné de possession la fit aimer sans tact. Bien que très intelligente, elle ne put le maîtriser et peu à peu glissa à l'accaparement.

Tatsuya était trop animal pour deviner la délicatesse d'un sentiment féminin. Déjà, il ne songeait qu'à profiter de la faiblesse d'Eiko. Pourtant, il avait conscience d'une transformation en lui-même. La joie de cette nuit avait été trop parfaite. Il avait joui profondément, sans recourir aux grossièretés d'usage, et s'il avait partagé l'ivresse amoureuse de la jeune femme, c'était dans un état d'esprit différent de la première fois, alors que, dans l'énervement de son désir, il avait déchiré le shoji. En se livrant à lui sur le pont mouillé du bateau, Eiko était devenue une autre femme et il était bien certain de ne l'avoir jamais connue ainsi, auparavant.

« Pareil bonheur m'est permis ! » pensa-t-il en raccompagnant son amie à sa villa. Elle voulut le garder toute la nuit, mais il s'enfuit pour dormir seul. Il y avait en lui une sorte de honte, à moins que ce ne fût de la timidité.

Quand Michihisa entra pour changer de vêtements, il vit le pavillon de Tatsuya allumé et sa moustiquaire tendue.

— Es-tu couché ? demanda-t-il. Il n'est que onze heures et il y a une fête à l'hôtel. Il paraît que c'est formidable ! Viens donc avec moi !

Chaque soir, Michihisa avait l'habitude de sortir avec quelques garçons pour flâner sur les plages de Zushi ou de Morito. Là, ils criaient en chœur : « Vive le mouvement anti-pucelles ! » et se mettaient en chasse. D'ordinaire, leurs efforts étaient couronnés de succès, mais quand ils demeuraient bredouilles, ils partaient en auto à la ville voisine pour aller y chercher des filles de joie.

— Je me couche, répondit Tatsuya à son frère, je suis fatigué. Vas-y seul, et bonne chance !

Il ferma les yeux. À ses oreilles, clapotaient encore les vagues contre le flanc du yacht… Une luciole s'égara sous sa moustiquaire et il revit les méduses, au fond de la mer… Il s'endormit rapidement.

*

Le lendemain, il se leva vers dix heures, fit sa gymnastique et déjeuna de bon appétit. Eiko l'appela au téléphone :

— Je te téléphone pour rien… dit-elle. Je… j'ai envie de te voir…

— Sans raison ? s'étonna-t-il.

Malgré cela, il accepta l'invitation d'Eiko et partit chez elle. Dès lors, il l'accompagna partout et vint un jour où il en fut ennuyé. « Cette nuit sur le yacht n'était pas comme les autres, pensa-t-il, pourquoi diantre veut-elle fourrer toutes les nuits dans le même panier ? »

Eiko se montrant très jalouse, son ami Nishimura lui dit :

— Dis donc, tu es devenu une nouille ? Ton Eiko se présente partout comme ta femme… Réagis !

Humilié, Tatsuya décida de changer d'attitude. Un soir qu'il accompagnait la jeune femme dans un cabaret, il la délaissa pour des entraîneuses qui buvaient avec des amis. Eiko demeura sagement assise à une table en attendant qu'il la fît danser. Il finit par lui dire :

— Qu'as-tu à nous regarder ainsi ? Danse donc avec un autre !

Tandis qu'il enlaçait sa cavalière, elle lui répondit :

— Je suis bien toute seule.

Il trouva qu'elle devenait chichiteuse et choisit la plus saoule des filles pour danser. Il ne la quitta pas de la soirée. De temps à autre, il jetait un coup d'œil à Eiko dont le regard le suivait. La fille s'absenta un instant et cria en revenant :

— Tatsuya ! Mon petit Tatsuya chéri, où es-tu ?

Eiko pâlit.

Ainsi, la cruauté revint au cœur de Tatsuya. Il ne pouvait s'empêcher de torturer Eiko, c'était plus fort que lui. Maintenant, non seulement il jouissait d'elle, mais il la brutalisait... Eiko pleurait, gémissait et cela le faisait sourire.

À plusieurs reprises, elle voulut l'entraîner à la mer, au coucher du soleil, pour retrouver sa tendresse d'un soir. Il refusa avec indifférence, et continua de courir le jupon. Ensuite, il racontait ses fredaines à Eiko qui l'écoutait en tremblant et en fermant les yeux. Alors, il ne manquait pas d'ajouter :

— Ne sois pas inquiète... Notre expérience valait mieux que les autres...

Eiko ne semblait plus résister à tant de cynisme. Elle attendait le coup de grâce qu'il avait l'air de chercher. Et pourtant, au fond de lui-même, Tatsuya pensait : « Je l'aime encore. »

Était-il fou ou vicieux ? Non... seulement enfantin. Un enfant terrible qui aimait casser ses jouets. Une femme était-elle autre chose qu'un jouet ? Fort de cette logique, il s'interdisait les remords.

*

Quelques jours plus tard, un ami de Michihisa invita Tatsuya et son frère à venir le voir à Abura Tsubo. Ils en profitèrent pour emmener des filles de la section de littérature anglaise de l'université. Chacune portait un nom de fantaisie, inspiré de personnages de romans étrangers. En plus des deux frères, il y avait donc Elsa,

Mary, Mitty, Saly, leurs camarades Sahara, Nishimura, Tamiya et enfin Eiko.

Ils décidèrent d'aller à Abura Tsubo à bord de deux yachts : celui de Tatsuya, et celui du père de Nishimura : le *Star*.

Tatsuya prit Tamiya et Mitty à son bord, puis il s'assit au gouvernail. Au moment du départ, il vit Eiko qui déposait sa valise sur le *Star* et crut lire du défi sur son visage. Il baissa les yeux, rit et appela Saly. Eiko s'assit à côté de Michihisa et ce dernier, perplexe, interrogea son frère du regard, mais Tatsuya feignit l'indifférence.

Eiko ôta sa veste de plage et resta en maillot. Un maillot flambant neuf ! Du pont du *Bel-Ami*, Tatsuya, émerveillé, contemplait sa beauté. Les deux yachts avancèrent de front, mais, par bravade, le jeune homme serra la corde de la voile et dépassa le *Star*.

Au large, le vent était si fort que Michihisa dut veiller aux manœuvres. Puis, il offrit un sandwich et du jus d'orange à Eiko qui était restée debout à côté de lui. Tatsuya serra les poings de colère.

La couleur de la mer changeait et l'on entendait, de-ci de-là, les clochettes qui annonçaient les récifs.

— Tamiya, reste à l'avant ! cria Tatsuya. Il y a un raccourci à travers le passage !

Il releva la sonde à moitié et entra dans la passe.

— N'entre pas ! lui cria Michihisa de son bord.

Cependant, il suivit le *Bel-Ami* et lorsqu'ils arrivèrent dans l'anse d'Abura Tsubo, un canot à moteur vint les remorquer.

Ils débarquèrent dans une crique difficilement accessible de la route, et bordée de riches villas. Un petit village de pêcheurs y nichait aussi. La plage était fort belle et entre les rochers, poussaient de blanches touffes de belles-de-nuit.

Après le dîner, chacun choisit une fille et partit, en canot ou en bateau à moteur, s'abriter dans un trou de rocher. Le couple Nishimura déposa Tatsuya et Saly à quelque distance et continua sa route :

— Reviens nous chercher ! lui cria Tatsuya, ne l'oublie pas !

— Nishimura... pleurnicha Saly, vous n'allez pas nous abandonner ici ?

— Ne fais pas l'imbécile ! rétorqua Tatsuya.

— J'ai peur...

Il la prit dans ses bras et la déposa sur la plage, au milieu des herbes. Autour d'eux, des fleurs s'épanouissaient...

Quand il apprit qu'elle était vierge, il fut heureux de l'aubaine.

— Qu'as-tu à chialer comme ça ? demanda-t-il.

— Je ne savais pas... Je suis venue parce que les autres m'ont emmenée... Je ne suis pas comme les autres...

— Pas comme les autres ! Non, sans blague ? Ne t'en fais pas... tu es pareille... absolument pareille... Allons viens, sois gentille...

Voir pleurer Saly le mettait à son aise. Eiko en serait davantage punie.

Pendant ce temps Michihisa, qui avait attendu le dernier canot, emmena Eiko.

*

Le lendemain matin, Saly parut encore plus heureuse que les autres. Quand elle rencontra Tatsuya elle fut intimidée et le rouge lui monta au front. Eiko comprit au premier coup d'œil.

— Eiko ne t'aime plus… dit Michihisa à son frère. Alors, je la garde…

— Ne te cherche pas d'excuses pour avoir couché une fois avec elle… Elle me reviendra quand je le voudrai.

— Tu crois cela ? Eh bien, faisons un pari ! Si tu réussis à l'avoir ce soir, je te donnerai cinq mille yens. Si c'est moi, tu me les donneras. De toute façon, si tu perds, ces cinq mille yens seront ton cadeau de rupture. Ensuite je m'en occuperai. Au fond, tu ne l'aimes plus ?

Tatsuya aurait voulu répondre mais il se tut. Il était sûr de gagner. Et il gagna.

Abandonnée, Saly fut contrainte d'aller avec Michihisa, mais en regardant Tatsuya partir avec Eiko, elle s'enfuit. Le lendemain, toute seule, elle quitta le village en pleurant.

Michihisa fut bon joueur.

— J'ai perdu, admit-il, je te payerai quand nous rentrerons mais… à une condition.

— Il n'y a pas de conditions.

— Écoute-moi… Je te propose d'aller passer quelques jours à la montagne, je te rembourserai tous les frais. Comprends-tu, ma situation est gênante et il vaut mieux que tu disparaisses quelque temps.

Tatsuya hésita.

— Ça va… dit-il enfin, je te la vends cinq mille yens.

— Affaire conclue, répondit son frère satisfait.

Tatsuya s'était défait d'Eiko comme d'une esclave. Quand elle le vit partir tout seul, sur son yacht, elle l'accompagna du regard jusqu'au cap en le soupçonnant fort de rejoindre Saly quelque part.

Trois jours plus tard, Tatsuya envoya une lettre du plateau de Shiga. « La montagne est déjà dépeuplée. On n'y rencontre personne et je commence à m'ennuyer. Je fais du cheval toute la journée ; cette vie sans femme me plaît, pour un temps, naturellement… »

Eiko sentit un piège sous ce départ mais, ignorante du trafic des deux frères, les derniers mots de Tatsuya la tranquillisèrent. Toutefois, en examinant la lettre que Michihisa venait de lui passer, elle remarqua que son nom était accolé à celui du jeune homme, alors que les autres étaient désignés par « mes amis ». Pourquoi les associait-il en pensée ? Elle se souvint de la petite comédie jouée sur le *Star* et s'étonna de la gravité de ses conséquences. Elle-même n'y avait mis aucune intention, et, sans la présence de Tatsuya, cette mise en scène perdait toute raison d'être.

— J'en ai assez ! dit-elle en repoussant Michihisa, je vais aller surprendre Tatsuya.

— Il ne t'aime plus, répondit Michihisa. Et puis, c'est un homme de parole.

— De quelle parole s'agit-il ?

— Tu le lui demanderas dans deux jours, quand il rentrera à Hayama… Allez, ne sois pas méchante avec moi !

Tatsuya ne revint pas de toutes les vacances. Il vécut chez des amis, à droite et à gauche, et rentra directement à Tokyo où il reprit son entraînement. Puis il partit à Niigata avec ses coéquipiers.

Eiko lui écrivit pour tenter de savoir de quelle promesse avait voulu parler Michihisa. Mais il ne répondit pas à ce sujet et s'étendit sur des banalités.

Quand le retour des boxeurs fut annoncé, Eiko se rendit à la gare de Ueno. Elle vit aussitôt sur le quai toutes les amies des sportifs, mais n'en reconnut aucune qui eût été en relation avec Tatsuya. Elle attendit tranquillement.

« Pourquoi m'a-t-il prévenue de son arrivée ? pensa-t-elle et pourquoi n'avoir prévenu que moi ? »

Elle se sentit ferrée comme un poisson par un pêcheur capricieux.

Le train entra en gare et les filles se mirent à crier. Eda apparut à la portière :

— Nous sommes vernis, elles sont toutes là ! Tatsuya... ton Eiko est là, elle aussi...

— Bien sûr... répondit-il avec fatuité.

Quand le train s'arrêta, Eda sauta sur le quai et embrassa sa maîtresse. Étonnés par les cris et les rires, les voyageurs se retournaient. Les sportifs partirent de leur côté et Tatsuya demeura sur le quai. Il était robuste et hâlé. Eiko le regarda sans parler, puis le fit monter dans son auto :

— Où allons-nous pour être tranquilles et pouvoir enfin nous expliquer ? demanda-t-elle.

— Mangeons d'abord.

Il indiqua un restaurant fréquenté par son père et s'absorba dans la contemplation de la ville. Il était heureux de retrouver Tokyo. En province, les étudiants n'avaient guère regretté leurs amies, mais tous avaient eu la nostalgie du crépuscule de cette ville, ce crépuscule propice aux bagarres et aux aventures… ils n'avaient eu envie de revoir que ce crépuscule…

Ils choisirent un salon particulier. Tatsuya s'appuya au kyosoku[1] et demanda :

— Alors, quoi de neuf ? Comment va mon frère ?

— Je n'en sais rien. Je ne le vois plus. Mais, dis-moi, continua-t-elle, quelle promesse y a-t-il eue entre vous ?

— Michihisa ne te l'a pas dit ? Cela ne m'étonne pas, c'est un froussard… Buvons… je te raconterai cela plus tard.

— Non, tout de suite ! Raconte-moi tout.

En propriétaire, Tatsuya rapporta tous les détails de l'affaire.

— Alors, je suis une femme vendue ? murmura Eiko.

— Tu exagères… Je n'ai fait que promettre à mon frère, contre cinq mille yens, que je ne te toucherais plus.

— Et tu as cru que j'accepterais !

— Cela ne te regarde pas.

— Qu'as-tu fait de cet argent ?

— Je l'ai dépensé.

— Eh bien ! c'est moi qui rendrai ces cinq mille yens à ton frère.

— Et si je te revends ?

— Je payerai à nouveau… jusqu'à ce que vous ayez terminé vos machinations.

---

1. Sorte d'accoudoir. (*N.d.T.*)

— Ce serait trop bête !

— Et toi, tu aurais le courage de continuer ?

— Mais oui… je crois bien que oui.

Elle pleura et il détourna les yeux.

— Des larmes, des larmes… j'en ai marre.

— Pourquoi te conduis-tu toujours comme une brute ? Si tu me détestes, dis-le, et ne me martyrise plus. Si tu m'aimes encore, et si tu t'éloignes de moi seulement pour honorer ta promesse, je payerai autant de fois qu'il le faudra pour te tenir dans mes bras… Si tu m'as vendue, tu peux bien être racheté, non ? Si tu es capable de subir pareille insulte, dis-le, je ferai ce que tu voudras.

Elle pleura, puis tout à coup, éclata de rire :

— Allons, dis-moi la vérité, au fond, tu m'aimes encore, n'est-ce pas ?

— Oui, fit-il avec une moue, je crois que je t'aime encore.

— Alors, sois gentil… aime-moi avec plus d'humilité… Moi non plus, je ne pouvais pas t'aimer. Mais il y a eu la nuit sur le yacht et, alors, j'ai compris ce qu'était l'amour. Depuis, je t'aime profondément, je n'aime que toi. Avant, nous étions deux êtres incomplets, et tout le monde est comme cela, sans doute… Mais nous nous sommes trouvés, Tatsuya… Nous pouvons tout sauver.

*

Le lendemain, Michihisa reçut cinq mille yens par mandat postal. C'était Eiko qui les envoyait. Sans scrupule, Tatsuya proposa à son frère de renouveler le marché.

Michihisa hésita, car il éprouvait quelque honte, mais, à la fin, il accepta de signer un contrat pour se venger de l'indifférence d'Eiko.

Eiko envoya un nouveau mandat. Tatsuya proposa une troisième transaction, mais, cette fois, Michihisa se déroba :

— J'en ai assez, déclara-t-il. Eiko t'aime et c'est tout.

Ils n'en partagèrent pas moins l'argent. Tatsuya garda deux mille yens et Michihisa se réserva le reste tout en continuant de protester :

— C'est répugnant de faire pleurer cette fille.

Tatsuya fit alors un faux troisième contrat. Eiko fit parvenir la somme le jour même. Tatsuya en fut satisfait. Il avait l'impression de faire un match de boxe à égalité de points. Néanmoins, quand les mandats totalisèrent vingt mille yens, il en fut ému. Calculait-il soudain, en billets de banque, les ressources du cœur humain ?

*

Jusqu'au mois d'octobre, Tatsuya n'eut plus de nouvelles d'Eiko.

Un samedi qu'il remettait de l'ordre sur son yacht, il s'entendit appeler :

— Bonjour, dit Eiko, je suis passée chez toi, mais on m'a dit que tu étais au port.

Le vent du sud soufflait doucement sur une mer d'automne. Ils mirent le yacht à l'eau et longèrent le bras de mer de Zushi. La sonde levée effleurait la plage. Ils ne disaient rien. Ils écoutèrent deux amoureux qui bavardaient en se promenant sur le port et se regardèrent en riant.

Le soleil se coucha et l'ombre du yacht grandit sur la mer jusqu'à la plage. Tatsuya changea de direction et pointa vers le large. En virant, le bateau tangua fortement. Eiko devint très pâle et mit la main devant sa bouche.

— Qu'as-tu ? Mal au cœur ?

— Ce n'est rien… un peu de nausée.

Tandis que le yacht gagnait le large, Tatsuya regardait Eiko avec inquiétude. Elle lui sourit tristement :

— Je suis enceinte… J'étais venue te l'annoncer.

— Enceinte ? Et de qui ? questionna-t-il brutalement.

— Mais… balbutia Eiko. C'est ton bébé.

— Sans blague ! Pourquoi pas celui de mon frère ?

— J'ai compté, c'est impossible, je suis enceinte de trois mois.

— Et le joueur de trompette ?

— Que tu es bête ! Il ne m'a jamais touchée. Que dois-je faire ? demanda-t-elle au bout d'un instant.

— Que veux-tu dire ?

— Puis-je l'avoir ?

Tatsuya réfléchit. « Il n'y a que les imbéciles qui permettent d'accoucher aux femmes auxquelles ils ont fait un enfant… » pensa-t-il.

— Je veux avoir mon enfant, dit Eiko. Les autres me blâmeront, mais moi, je serai fière et je dirai à mes amis : « Regardez, c'est mon bébé. »

Le soleil disparut et le vent tomba. La brise, venue de l'est, chassa les brouillards de la montagne et les entraîna sur la mer. Les lumières de la plage en furent tamisées.

— As-tu froid ? demanda Tatsuya.

Eiko hocha la tête silencieusement en regardant les mouettes qui volaient dans le sillage du bateau.

— Je voudrais mettre mon bébé au monde, dit-elle en implorant le jeune homme du regard.

— C'est ennuyeux… dit-il. Ne crois pas qu'un enfant changera notre façon de vivre… En dépit de tes allures modernes, cette manie de s'enchaîner à un enfant n'est qu'un truc fort ancien.

— Tu ne t'occuperas de rien. Je prendrai une bonne nourrice et j'aurai la joie d'être mère.

— Au fond, ce n'est pas mal, un enfant…

— Dis-tu cela sérieusement ? demanda-t-elle avec anxiété.

Un yacht vint vers eux. Tatsuya voulut le distancer et retira la corde de la voile qu'il noua au gouvernail. Puis il se mit à jouer de l'ukulélé en fredonnant un air qu'il aimait. Eiko l'écoutait.

Le brouillard s'épaissit. À la faveur d'une éclaircie, ils aperçurent le yacht qui rebroussait chemin. Sa voile apparaissait et disparaissait comme un fantôme. Eiko se souvint des méduses de l'été.

— Comme c'est agréable, dit-elle, tout est si calme…

— Il faut se taire quand c'est agréable… répondit-il.

Un chant de batelier italien leur parvint du yacht. La voix était celle d'une femme. Elle traversait les brumes et flottait autour d'eux, sur les vagues. Tatsuya prit son ukulélé puis le rejeta dans le bateau. Les deux yachts firent doucement leurs tacks. Au loin, dans le brouillard, les balises lumineuses tremblaient. On eût dit des feux sacrés vers lesquels serait allé ce chant de sirène. Tatsuya prit Eiko dans ses bras comme pour la protéger. Elle laissa choir sa main dans l'eau et souhaita que le yacht n'arrivât jamais au port.

*

Le même soir, Tatsuya raconta à son frère ce retour dans la brume. Avec le même enthousiasme, il avoua la grossesse d'Eiko.

— Quoi ? répondit Michihisa tout effaré.

— Elle est enceinte de mon enfant, dit Tatsuya humblement.

— Eh bien ! heureusement que je suis quitte avec toi, sinon j'aurais cette folle sur les bras. T'es-tu au moins débarrassé de cet embryon ?

— Comme tu es cruel… Tu ne comprends donc pas que je veux être un bon père ?

— Moi, je ne veux pas être un oncle, imbécile ! Comment sera ce gosse, sinon idiot, après le martyre que tu as infligé à sa mère ?

Tatsuya se rembrunit.

Quelques jours plus tard, Eiko vint le voir afin d'être bien sûre qu'il désirait toujours l'enfant.

— Fais ce que tu veux, lui répondit-il, je ne t'ai rien promis. Je t'ai simplement dit qu'un enfant ne mettrait pas les choses au pire…

Son air inquiet le rendit heureux. Il jouissait de son anxiété comme un client difficile guette l'exaspération d'une vendeuse, en choisissant minutieusement une cravate qu'il n'achètera pas. D'ailleurs, Tatsuya ne se souciait pas plus d'un enfant que d'un accessoire de ce genre. Il n'avait aucun instinct paternel.

Durant un mois, il laissa Eiko dans le désarroi. Il retrouvait son plaisir à la torturer. Puis, un jour, en regardant la photo d'un champion de boxe qui tenait son bébé dans ses bras, il fit la grimace et le trouva tout bonnement ridicule. Cela le décida. Eiko devait avorter afin de n'opposer aucun obstacle à sa destinée de champion.

Il le lui dit aussitôt et Eiko, qui craignait cela, accepta tristement, sans lui reprocher l'espoir qu'il lui avait laissé si longtemps.

Elle se rendit à l'hôpital et comme elle était enceinte de plus de quatre mois, il fallut lui faire une opération à l'utérus. Son état empira et trois jours plus tard, elle mourut.

Quand une amie téléphona la nouvelle à Tatsuya, il lui répondit en riant :

— Non, c'est une blague ?

— L'enterrement a lieu après-demain.

À l'autre bout du fil, la voix était de glace. Tatsuya eut peur. Cette mort le liait à Eiko à jamais.

Le téléphone sonna de nouveau. C'était une erreur de numéro. Tatsuya rejeta le récepteur avec un geste brusque.

— L'idiote… pourquoi a-t-elle fait cela ?

Il hochait la tête comme s'il se faisait des reproches à lui-même.

*

Il arriva à la maison d'Eiko au moment où le bonze commençait la lecture des soutras. Il donna son nom à l'huissier et entra.

Le cercueil était posé au milieu d'une vaste pièce. Les amies d'Eiko et les membres de sa famille étaient assis autour de lui. Tous les regards se fixèrent sur Tatsuya, pleins de reproche. Il les regarda lui aussi, l'un après l'autre, puis aperçut la photographie de la morte entourée de fleurs. Elle souriait d'un air provocant.

Il la contempla silencieusement, et tandis que quelqu'un lui faisait signe, prit machinalement quelques bâtonnets d'encens. Au-delà du sourire énigmatique d'Eiko, de ses yeux figés, il y avait une vengeance dirigée contre lui. En mourant, elle lui avait ôté son jouet préféré… il avait perdu son jouet…

Il laissa tomber les bâtonnets d'encens, empoigna le vase où on les plantait et le lança violemment contre le portrait en criant : « Imbécile ! »

Le verre se brisa. Des vases de fleurs tombèrent comme des quilles. Il jeta sur l'assistance un regard furieux :

« Vous tous, vous n'y comprenez rien ! Vous ne pouvez pas comprendre ! »

Pour la première fois, des larmes brouillaient sa vue. Il quitta la pièce en grinçant des dents. Il s'en voulait de pleurer.

Il se souvenait d'une phrase : « Pourquoi ne peux-tu m'aimer plus humblement ? »

Il alla au gymnase et se déshabilla. Après avoir boxé contre son ombre, il se mit à taper sur le punching-ball en répétant : « Eiko… Eiko… »

Alors, il la vit qui souriait et bondissait devant lui. Hors de lui, il frappa sauvagement, de toutes ses forces…

La chambre de tortures

Katsumi entra au Moon. Aucun des gars de la bande à Takejima n'était là. En le voyant, des étudiants, habitués de l'endroit, se levèrent d'un bond. Brusquement, ils se souvenaient qu'ils n'étaient pas allés au bal organisé par les types de son école. Ils encerclèrent le jeune homme qui se tenait près de la porte, à côté de l'escalier.

Katsumi reconnaissait au moins leurs gueules et surtout celle de Tezuka, dit « Le Balafré », depuis une récente correction. Il les regarda et se mit à rire.

— Allez, ça va… aujourd'hui, je suis en affaires… un business que vous avez déjà deviné, hein ? Vous pensez bien que sans ça, je ne me serais pas dérangé seul…

Ceci dit, il leur tourna le dos. La main dans la poche gauche de son veston, le coude frottant la rampe, il descendit rapidement l'escalier.

Un peu déçus, les autres le regardaient. « Quel con, celui-là… » fit l'un d'eux.

Katsumi, qui arrivait à la dernière marche, entendit l'insulte. Il sortit son étui, en tira une cigarette, la mit lentement à sa bouche et se retourna en ricanant. Puis il sortit dans la rue.

Le crachin, qui tombait du ciel noir depuis la fin de l'après-midi, était si léger qu'on ne le sentait pas.

Katsumi s'engagea dans une ruelle et s'arrêta devant le Carib. Une jeune servante, qui accompagnait un client vers un taxi, lui dit :

— Si c'est ton copain Takejima que tu cherches, il est dans la salle du fond, avec ses gars. Entre par la porte de service… par ici, tout est bourré.

Le passage où l'on entassait des caisses et des bouteilles vides était si étroit que Katsumi frôlait les murs avec ses épaules. Après l'éclairage violent de la rue, le noir y était pesant. Le garçon jeta son mégot, l'écrasa d'une semelle crissante et s'approcha de la salle du fond d'où des rires d'homme s'échappaient. Il ouvrit la porte d'une poussée et entra. D'un seul coup, le silence se fit. Ils étaient six, dont deux qu'il n'avait pas vus au bal de Shinagawa. Aux regards accrochés à lui, Katsumi sentit la bagarre, mais tous attendaient un signal de Takejima. Ce dernier fit un signe de tête pour apaiser ses types et dit à Katsumi qui les écartait pour se frayer un passage :

— Cher ami, tu es donc venu ?

— Évidemment. J'ai su que le boulot avait marché. Trente mille balles de bénef, pas vrai ? À trente pour cent, ça fait neuf mille pour moi… Tu es bien d'accord ?

— Bois un coup, dit Takejima. Qu'est-ce que tu veux, whisky ?

Katsumi prit un verre.

— Quelle marque ?

— Pas fameux… du V O… Si tu préfères un gin ?

— Le V O, ça va.

On lui en versa un demi-verre.

Tout en buvant, Katsumi examina la salle. Elle était presque vide : quelques sièges, quelques tables rustiques, nulle décoration. Elle devait servir de chambre de repos aux domestiques et, à l'occasion, de débarras. Dans un angle, deux caisses de whisky, encore clouées, étaient déposées et un type qui, faute de chaise, s'appuyait au mur, y donnait bêtement des coups de pied. Une lampe de cent watts éclairait la pièce, crûment. Près de la porte, une ampoule éteinte pendait au bout de sa douille. Le cabaret devait être au premier. Katsumi devina l'escalier qui y conduisait au va-et-vient des boys et des servantes, au cliquetis des bouteilles.

Un étudiant en uniforme désigna du doigt des marques rouges et bleues inscrites sur le calendrier pendu au mur.

— Qu'est-ce que ça peut être ? demanda-t-il, les jours de congé des servantes ?

— Con… ce sont les dates de leurs règles, répondit un autre. Comme ça, on connaît les jours ouvrables…

La plaisanterie ne dérida qu'une moitié du groupe. Katsumi leva son verre et la conversation tomba. Un silence étrange se fit de nouveau. D'une salle difficile à situer, arrivaient des accords de guitare, de gros rires de clients ivres.

— C'est pas un bistrot, dit Katsumi, et pourtant on entend la guitare d'un chanteur ambulant. Y a du monde bien dans la maison, hein ?

— La musique est dehors…

Un type entrouvrit la porte :

— Non, elle est dans la baraque ! dit-il.

Katsumi sourit :

— C'est pas aussi bourré qu'on me l'a dit... Dites, vous n'êtes pas marrants ! Rien que des hommes pour passer la soirée, et dans une boîte pas rutilante... Et les femmes ? Vous trouvez ça drôle ?

— Avant que tu arrives, on rigolait, dit Takejima, on parlait boulot.

— À propos, ça s'est passé en un rien de temps, votre agression ? J'imaginais qu'il y aurait de la bagarre... mais Ryoji s'est laissé faire... C'est un crevé... une gouape molle... c'est plus rien... il m'emmerde.

— C'est pas tout à fait ça. Au début, il a voulu faire le méchant, mais je lui ai montré mon truc et ça l'a calmé.

Takejima regarda Katsumi en riant et sortit, de sa poche intérieure, un gros étui... un étui trop gros pour contenir seulement des cigarettes... Il l'ouvrit et un pistolet de femme, à crosse d'ivoire, apparut.

— T'en fais pas... dit Takejima, je m'en sers rarement. C'est décoratif, non ? Mais ça blesse quand même... Tu comprends maintenant pourquoi Ryoji faisait pas le fortiche ?

Il le sortit de l'étui, cligna de l'œil et fit semblant de tirer à bout portant sur Katsumi. Dans ses yeux brillait une lueur insolite. Le jeune homme s'efforça de rire et Takejima fit sauter le pistolet dans sa main. Il en essuya la crosse avec sa veste :

— Un joujou efficace... pas vrai ?

— Plutôt... mais je ne sais même pas m'en servir.

— Ça vaut mieux pour tes intérêts.

Takejima remit le pistolet à sa place et sourit.

« Je comprends maintenant, pensa Katsumi, furieux. Sans cela, Ryoji aurait su traiter comme il faut cette bande de potaches ! »

Il revit la scène de la soirée : Ryoji acculé dans la voiture, obligé de compter les billets de la recette pour les donner, sous la menace, à ces pirates. Il devait les serrer, les dents, lorsqu'il vit Takejima et ses gars se tirer ! Seul dans le noir, il avait dû descendre de voiture et se coller au mur, pour regarder leur fuite. Mais les arrière-gardes l'avaient poussé dans la bagnole comme un cave…

« Je l'ai traité de larve tout à l'heure… pensa Katsumi, mais les vrais trouillards, ce sont Takejima et ses types… »

— Vous avez employé une arme pour un chantage ? dit-il à haute voix, c'est un procédé de salaud.

— Pour avoir du fric, il n'y a pas de procédé propre ou sale… il y a que le fric ! Et puis tu n'as pas besoin de venir gueuler ici, après tout, c'est toi qui l'as vendu, ton copain Ryoji ! Il y a des limites à la blague, ne l'oublie pas…

— Ça va… j'oublie pas, répondit Katsumi, puis il se tut. « C'est donc vrai… c'est moi qui ai vendu Ryoji, pensait-il. Pas la peine de leur expliquer, ils ne comprendront pas. Pourtant, je voulais libérer Ryoji, le libérer de lui-même, en l'obligeant à se bagarrer… Mais pas du tout, je l'ai vraiment vendu… »

Il comprit qu'il était tombé dans un piège et la colère l'envahit. En finissant son verre de whisky, il regarda Takejima d'un air furieux.

*

Ce jour-là, Ryoji et son frère, tous deux intimes de Katsumi, avaient organisé à l'hôtel P..., dans le quartier de Shinagawa, une soirée dansante. Deux orchestres en vogue en avaient assuré le succès et les billets s'étaient bien vendus. Les danseurs débordaient de la piste dans les jardins où des flambeaux étaient suspendus. Il faisait un peu frais et des couples rentraient de temps à autre pour tendre leurs mains au-dessus des feux.

Tout de suite, Katsumi sentit qu'il y avait des flics. Non des flics en service, mais des flics tout de même, qui étaient venus jeter un coup d'œil, tout en buvant au bar. Le jeune homme se tourna vers Ryoji et lui demanda :

— Combien as-tu vendu de billets ?

— Mille.

— T'es pas dingue ? La capacité réglementaire est de deux cents personnes ! Toute la maison tremble ! Il ne reste plus un coin, même dans les vestiaires... Tu as dû faire un pognon du diable ?

— Orchestres réglés, il restera dans les quatre-vingt mille... Ça, c'est du boulot !

En fait, de tous les boulots que les Ryoji entreprenaient pour se procurer de l'argent de poche, ces soirées dansantes étaient les plus profitables. Ils avaient fait imprimer sur les billets d'entrée : « Sous le patronage du club T.R. de l'Institut K » et personne n'avait soupçonné que ce sigle mystérieux correspondait tout bonnement aux initiales des deux frères…

Cependant, le succès ne couronnait pas toujours leurs efforts. Il y avait parfois des fours, car il fallait pas mal d'astuce pour choisir une date absolument disponible, et des orchestres entraînants. Ryoji et son frère disaient que c'était là leur meilleure application des cours de commerce de l'université… Mais ils devaient encore savoir régler les éclairages afin de favoriser l'ambiance et créer le climat sentimental des sorties de bal dans la nuit brumeuse et calme.

Tout cela n'était rien à côté du courage que nécessitait la vente des billets. Il ne manquait pas de groupes d'étudiants qui surveillaient la recette pour s'en emparer à la fin de la soirée. Il s'agissait donc de devoir filer avec le fric tout en dépistant les pirates.

— Il y a les gars de l'Université M. et la bande à Takejima, dit Katsumi à son camarade. Pour le moment, ils se tiennent tranquilles à cause des flics.

— Je le sais bien, c'est moi qui ai demandé huit inspecteurs pour assurer l'ordre. Et puis, on ne me roule pas si facilement… T'en fais pas, Katsumi, dans une demi-heure, je me tire dans la voiture de Katayama. Mon frère terminera la soirée. Quant aux frais, je les réglerai demain. Pas de risques.

Katsumi eut une vague idée. Il quitta Ryoji et chercha dans la foule les types de l'Université M. Il en trouva un qui paraissait impressionné par les policiers.

— Ça marche, hein ?

— Quel monde !

Aussitôt, les copains du garçon s'approchèrent et toisèrent Katsumi avec suspicion :

— Viens pas faire le malin… On l'est autant que toi, compris ? Nous sommes ici pour danser, du moins ce soir… Dis donc, par hasard, connaîtrais-tu les types du club T.R. ? Ils ont fait un drôle de fric…

— …

— Tu ne sais même pas le nom des organisateurs ?

— Je sais seulement qu'ils sont de mon Institut.

— T'es un pauvre type… tu te fais rouler… On croyait que tu étais dans le coup !

— Je ne sais même pas qui dirige ce bal… D'ailleurs, ça m'est égal… Par contre, j'ai une petite histoire qui pourrait vous intéresser…

Il attira Takejima à l'écart :

— Le bal est organisé par les types de mon école, et, bien que je n'y sois pour rien, j'ai un tuyau. Si ça marche, combien me donnes-tu ?

— De quoi s'agit-il ?

— De la recette…

— Rien à faire… Il y a au moins dix flics dans la salle.

— Je te dis que j'ai un tuyau.

Takejima fixa Katsumi :

— Trente pour cent.

— OK. J'ai entendu une conversation, par hasard. Dans une demi-heure, les organisateurs fileront avec le fric. Ils ne régleront les frais que demain. La bagnole est une Ponty 54, crème. C'est la troisième de la file de droite. Vous n'avez qu'à bloquer la route, en bas de la pente.

— C'est pas du flan ?

— Essaye… Si tu loupes l'affaire, je n'aurai pas gagné un rond à te mettre dedans. À dix heures, je serai à ton P.C. N'oublie pas que c'est un boulot d'au moins trente mille balles !

— Ponty 54, hein ?

Takejima s'éloigna et Katsumi pensa : « Qu'importe, si ça ne marche pas ? Dans la voiture, il y aura Ryoji, son frère et Katayama. Il est possible que le frère de Ryoji ne dise rien, c'est un doux. Mais avec Katayama, ça n'ira pas tout seul… Il y a longtemps que je n'ai pas vu Ryoji à l'action, ça va me distraire… S'il s'en tire, il restera le grand Ryoji. »

Cette idée le réjouit tant qu'il en trembla d'impatience.

« Si Ryoji se fait refaire, il me décevra. Je ne serai plus son copain. Il y a bien longtemps qu'on s'entend : même lycée, même classe, même club… Mais maintenant, il me fatigue… ce n'est plus le même. Il change et ça m'ennuie. Autrefois, nous passions nos examens et courions les filles ensemble, en nous moquant des types de l'Université et même des hommes. Non, Ryoji, ce n'est plus ça. Il se débrouille pour se tirer de mes invitations et quand je lui fais des reproches, il me répond en souriant : "J'en ai marre, de ce genre de jeu." Ah ! il est loin le temps où nous allions jouer ensemble au billard, au premier étage de ce café où nous rencontrions les durs de l'Université M. Quand Ryoji les provoquait, tous se tenaient tranquilles… ils en avaient la trouille… Ryoji les saluait cérémonieusement puis il leur tapait dessus à coups de queue de billard… Un jour, il a descendu trois types comme ça… Il a bien changé… avec son air modeste et déférent. Dire qu'autrefois, dès qu'on l'appelait au téléphone pour une bagarre, il sautait sur sa veste en criant : "J'arrive, attendez-moi !" Nous courions ensemble à la bataille et il hurlait : "À Takata no baba[1] !" Parfois, quand nous arrivions, tout était fini, mais Ryoji ne demandait ni pourquoi ni comment, et se mettait à assommer ! Et le soir, un peu avant Noël, où nous allâmes dans une boîte ? Une entraîneuse vint nous saluer, puis nous quitta pour rejoindre des clients américains qui l'insultèrent et la giflèrent. Ryoji se leva, jeta un des types à terre et lui donna des coups de pied. Les deux autres qui tentaient de l'accrocher reçurent des coups d'atemi[2] qui les mirent en l'air en un rien de temps. Les musiciens s'arrêtèrent, mais Ryoji leur demanda poliment de jouer "Jingle Bell". Et sur ce rythme, il piétina les trois Américains, pendant que les clients ivres applaudissaient…

» Des consommateurs allèrent chercher la M.P. et un type de la boîte, qui connaissait vaguement Ryoji et passait plutôt pour un de ses adversaires, nous en prévint.

» — Ne partez pas par là, nous conseilla-t-il, vous vous ferez refaire ! Tirez-vous par la porte et l'escalier de derrière…

» — Merci, mon ami, répondit Ryoji en s'inclinant, et tous les trois, on avait éclaté de rire. »

Des histoires comme cela, avec du saké, des femmes et des coups de poing, on en avait vécu des tas, mais

1. Allusion à l'endroit où Horibe, un des quarante-sept samouraïs, se battit avec une bravoure incroyable. (*N.d.T.*)
2. Coup de poing de judo. (*N.d.T.*)

c'était l'histoire des trois Américains que je préférais. Son souvenir m'enivrait particulièrement. Pourtant, quand j'en parlai à Ryoji, il secoua la tête et me dit avec un faux sourire :

— N'en parle plus… Ce sont des frasques de jeunesse…

— Des frasques de jeunesse ! Te sentirais-tu vieux, par hasard ?

— Non, mais, vois-tu, nous nous sommes mal conduits à l'époque du lycée.

— Mais il n'y a pas de mal à cela !

— Nous étions mômes, nous agissions selon nos désirs, nos caprices et ceux de l'oisiveté… Jouer de notre force nous comblait… Ça ne peut pas durer. Quand on réfléchit, on se demande si l'on n'a pas vraiment fait du mal, et l'on est beaucoup moins satisfait de soi. Bien sûr, on peut ne pas se poser de problèmes. Mais est-ce la vérité ? N'es-tu jamais sceptique ? As-tu réellement la conviction que les désirs font loi ? Et cette obéissance à ses désirs, est-ce tellement flatteur ?

— J'ai justement la conviction de ne désirer faire que ce que je désire… Je ne le dis pas en manière d'excuse, mais parce que je le crois et parce que je ne puis agir autrement… La routine m'emmerde… Je n'aime pas l'inertie et la meilleure façon d'échapper au conformisme est d'agir librement en n'écoutant que sa volonté. Hors ce que nous avons fait jusqu'à présent, y a-t-il quelque chose qui soit assez passionnant pour que nous y déployions nos forces vitales ? Je ne vais pas jusqu'à dire que cela correspond à la seule vérité, mais imagines-tu autre chose ? Regarde Yoshimura qui passe sa vie à méditer, est-ce qu'il vit ? Je déteste les bavardages inutiles, les imbécillités prétentieuses.

Katsumi regarda son camarade avant de continuer :

— Moi, je ne veux pas réfléchir aux mobiles de mes actes. J'agis parce que je veux agir ainsi et c'est tout ! Camoufler sa conduite sous de l'hypocrisie, se chercher des justifications, ne trompe personne. Non seulement cela ne sert à rien, mais cela ne mène à rien. Ma philosophie est bien simple ! faire ce que je veux, et tant que je désirerai faire quelque chose, je vivrai…

Katsumi fit une nouvelle pause et dit presque à regret :

— J'ai horreur des types qui hésitent et qui se posent des problèmes. De toute façon, il n'y a personne ici-bas qui sache vraiment ce qui doit se faire…

Ryoji eut un petit sourire.

*

En quittant Takejima, Katsumi se dirigea vers le jardin et, en passant derrière les arbres, arriva au parking. Il ne remâchait plus qu'une idée. « Que l'affaire marche ou pas, cela n'a pas d'importance. L'essentiel est de savoir si Ryoji cédera ou non. S'il cède, il ne m'intéresse plus ! »

Au fond, il espérait que Ryoji résisterait et ferait, une fois de plus, la preuve de sa force. Il pensa même : « Si ça bagarre dur, je m'en mêlerai et réglerai son compte à ce Takejima… »

Conduite par Katayama, la Ponty démarra. Sur la banquette arrière, Ryoji et son frère tenaient la caisse. L'auto passa devant la terrasse en crissant sur les graviers, puis descendit la pente bordée d'un mur de pierre qui conduisait à la porte principale. Katsumi traversa rapidement les pelouses pour la surveiller.

Les gars de Takejima avaient suivi son conseil et barraient la route avec une voiture louée dont ils faisaient semblant d'examiner le moteur. La Ponty s'arrêta et klaxonna. Quatre individus l'entourèrent, mais Katsumi n'entendit pas ce qui se disait à voix basse. Quelques minutes plus tard, l'auto de louage se rangea pour laisser le passage à la Ponty qui passa lentement.

Katsumi vit nettement le chef de la bande enfoncer un paquet dans sa poche, tandis que ses complices se dispersaient dans la nuit.

Il n'y avait eu aucun accrochage. Le coup avait réussi en douce, sans risque. Déçu par la couardise de Ryoji, Katsumi arracha furieusement une poignée d'aiguilles de pin qu'il réduisit en miettes avant de les jeter à terre.

« Une lopette, ce Ryoji, un pourri… C'est un type fini… »

Le gazon était mouillé par la rosée nocturne, Katsumi glissa et tomba à genoux. Il en eut une colère terrible et arracha des touffes d'herbe en se relevant. Il lui semblait avoir perdu une chose précieuse.

Il alla retirer son vestiaire et partit. Peu après, il rencontra deux gars de Takejima et les accosta :

— Alors, l'opération ?

— Nous étions près de la voiture de louage, nous ne savons pas exactement ce qui s'est passé, mais il nous semble que le type a remis trente mille balles. Il s'est laissé faire sans histoire…

— Félicitations. Et votre bistrot, où est-il ? Le Moon ?

— Le Moon ou bien le Carib.

Katsumi descendit en courant la pente de gravier.

*

Dans l'arrière-salle du Carib, sous le regard froid de Takejima, Katsumi pensait : « C'est donc vrai, j'ai vendu Ryoji à ces gars… Ils ont maintenant le droit de m'insulter… Sans le pistolet, Ryoji aurait résisté ! »

Plus il pensait à la scène d'intimidation de la nuit, plus la colère le gagnait. Il tendit son verre vide. Le type qui tenait la bouteille le servit et ricana :

— Dis donc, c'est pas parce que c'est gratuit qu'il faut boire comme un trou !

Vexé, Katsumi renversa son verre à terre.

— Qu'est-ce que tu fais ?

— Aurais-je sali ton pantalon ? Dis-le encore une fois que je suis un radin… Si je bois votre whisky, c'est à contrecœur… Takejima, toi et tes copains, on sait bien que vous ne buvez jamais avec votre pognon ! Vous vivez sur les autres, et votre saké a toujours été ou fauché ou escroqué.

Le type prit la bouteille par le goulot pour assommer Katsumi :

— Tu as du courage de venir gueuler ici tout seul ! Je te félicite, mais je me demande si tu es un dur ou un con !

Takejima intervint :

— Sugikawa, ferme ta gueule ! Katsumi, bois tant que tu veux… Le whisky est offert par la maison…

— Alors, dit Katsumi, vous n'êtes que des protecteurs de bistrot !

— C'est possible… Tu comprends, il arrive que des fortiches comme toi viennent y faire un tour…

— Et tu fous les ivrognes au bain en les menaçant avec ton joujou ?

— Katsumi, ne fais pas l'idiot.

— Sans blague, les gosses, ça aime montrer des joujoux que les autres n'ont pas. Pour les clients, c'est une question de peau… À six ! Et vous avez encore besoin de ce…

— Dis, tu es saoul ?

— Pas un poil ! Pourquoi demandes-tu ça ?

Takejima fit des yeux le tour de la pièce, se gratta l'oreille et dit avec un sourire dangereux :

— Je te conseille vivement de te barrer avec ton fric.

Katsumi réfléchit rapidement : « Mieux vaut s'en tenir là, pensa-t-il. Sinon, on va s'accrocher… »

— Eh bien ! dit-il, je n'ai plus rien à faire ici. Refile-moi mon fric et je me tire.

Un des types qui étaient derrière lui répondit :

— Tiens, le voilà.

Katsumi se retourna et reçut un verre de gin dans la figure. L'alcool lui entra dans les yeux et l'aveugla. Quelqu'un le poussa par-derrière et un autre lui donna un coup de pied dans les tibias. Katsumi chancela, et s'empara d'une chaise à tâtons. Il la fit voler au-dessus de sa tête, et accrocha l'ampoule qui se cassa.

— Allume la petite de l'entrée ! Bloquez la sortie ! Ne le laissez pas filer !

Tous marchaient prudemment. La lumière revint et deux types frappèrent Katsumi au visage, puis le jetèrent à terre. Il n'y voyait toujours rien.

— Tu as osé nous insulter, dit Takejima, alors que nous voulions causer tranquillement ! Et il lui envoya un coup de pied dans les côtes. Katsumi hurla des phrases incompréhensibles. Refoulée depuis plusieurs heures, sa colère se libérait violemment. Mais à demi aveugle, que pouvait-il faire contre ces brutes ?

— Attache-le ! Serre !

Il eut les deux mains tordues dans le dos, derrière la chaise, et liées avec sa ceinture de cuir qu'on lui avait retirée.

— Salauds ! Mes yeux sont foutus !

— Ferme-la ! On ne crève pas, même si on est aveugle !

Après avoir dit cela, Takejima éclata de rire et lui décocha cinq gifles de toutes ses forces.

— Et maintenant, tu y vois ?

Calme jusque-là, il s'excitait soudain et marchait de long en large dans la pièce, en riant comme un fou, ou un enfant. On eût dit un chef de bande de village rentrant d'une bataille contre la commune voisine avec le chef ennemi comme otage. En passant devant Katsumi, il lui lançait une gifle ou un coup de poing. Finalement, il se tint debout devant lui et poussa son front du bout du doigt. Katsumi lui cracha en pleine figure. Mêlée de sang, la salive dégoulina sur la chemise de Takejima qui cria :

— Ordure !

— Va laver ta chemise, sinon tu resteras marqué de mon sang, cria Katsumi.

Fou de colère, l'autre lui donna des coups de pied. La chaise se renversa, mais Katsumi continua de crier :

— Attaché comme je le suis, c'est tout ce que je pouvais faire ! Maintenant, on est quittes !

— Qu'est-ce qu'on va faire de ce salaud ? dit quelqu'un.

— Va chercher Tezuka et Yamayoshi, répondit Takejima. Ils doivent être encore au Moon. Ils ont été cruellement traités par Katsumi et ne perdront pas cette occasion de se venger.

Un type alla téléphoner et revint :

— Ils ne sont plus au Moon, mais je vais les chercher !

Ils se remirent à boire.

— Fais boire le saucisson ! commanda Takejima.

Un gars s'approcha avec un verre :

— Bois ça !

Katsumi se tut.

— Quoi, tu ne veux plus boire ? fit Takejima. Il lui pinça le nez et lui versa le whisky dans la bouche, puis lui jeta le restant du verre à la figure. Katsumi étouffa. L'alcool pénétra dans la blessure qu'il portait au front.

— Lâches ! cria-t-il, vous n'êtes que des lâches !

— Quoi ! Tu gueules encore ?

— J'avais confiance en venant ici, mais vous n'êtes que des salauds, y compris Ryoji !

— Tu vas la fermer, oui ? fit Takejima en lui décochant un coup de pied dans les jambes.

Katsumi serra les dents et tira sur ses liens. La douleur l'oppressait. Il lui semblait qu'on lui broyait la poitrine. La ceinture entama ses poignets.

— Quand Tezuka et ses copains seront là, ils t'assaisonneront ! reprit Takejima. Ils n'ont pas oublié qu'ils te doivent, chacun, une semaine de lit… Aie donc un peu de patience…

Il conclut ce discours par une gifle et le sang qui se coagulait sur le front du garçon se remit à couler, lavant ses yeux de l'alcool. La souffrance de Katsumi s'apaisa, mais il ne distinguait devant lui que des brumes et, au milieu d'elles, la boule rouge de l'ampoule électrique. Quelques ombres traversaient, de temps à autre, ce brouillard…

« Suis-je éveillé ? se demandait-il. Suis-je vivant ? Sans doute, puisque mes poignets me font mal… Sans doute, puisque je souffre… »

Il essaya de se délivrer :

— Merde !

— Eh bien, mon gars, tu as un fameux culot ! Mais on va te faire tenir tranquille… lui dit quelqu'un en lui assénant un coup de bâton.

— Alors, tu n'y vois toujours pas ?

— Quand on est aveugle, on ne craint rien.

Et les coups de bâton pleuvaient.

Maintenant les gars de Takejima étaient saouls et, pour s'exciter davantage, continuaient à boire.

— Nous allons en faire un Yosaburo[1] !

1. Héros de roman populaire qui portait vingt-quatre balafres. (*N.d.T.*)

— Oui, mais s'il est aveugle, il ne pourra plus voir sa gueule ?

Katsumi eut le pressentiment de ce qui allait arriver, mais il eut encore la force de dire :

— Je n'aime pas les types de l'Université M. Leurs balafres et leurs lynchs ne m'amusent pas ! Le jour où ils auront tué un gars, ils seront bien avancés ! À quoi ça vous sert, ces jeux-là ? Ce sont des histoires de gosses, d'imbéciles... Ryoji me l'a dit, un jour.

Le silence se fit et Katsumi attendit. « Malgré tout, je n'ai pas peur, pensait-il. » Le sang qui coulait de ses nombreuses blessures ne lui était pas tellement désagréable.

— Que peut bien foutre cet animal ? dit Takejima. Où donc Kawada est-il allé le chercher ? Ne t'impatiente pas, Katsumi... Tezuka doit être saoul, quelque part, mais quand il arrivera, bien cuit, tu rigoleras... La nuit est longue...

De plus en plus ivres, les étudiants attendaient le tortionnaire comme les chasseurs attendent le chef cuisinier qui doit apprêter leur gibier... Katsumi ne pensait plus à fuir. Il attendait les événements et s'y préparait comme pour un jeu de quitte ou double.

Quelqu'un frappa à la porte.

— Qui est-ce ?

— Laissez-moi entrer, répondit-on, je viens chercher des bouteilles de saké.

— Ce doit être une servante, dit Takejima. Un type vint s'asseoir sur les genoux de Katsumi afin de dissimuler son visage. La servante entra et jeta autour d'elle un coup d'œil inquiet.

— Vous restez bien tard ce soir… Qu'est-ce que vous faites ?

— On s'amuse gentiment. Si tu veux, on peut aussi jouer avec toi ?

— Non, merci ! répondit la bonne en se baissant pour prendre les flacons de saké. Du bout du pied, Takejima retroussa sa robe jusqu'en haut du dos.

— Si tu veux prendre toutes les bouteilles, dit-il en riant, on pourrait t'en glisser une de plus entre les cuisses !

Le type qui s'était assis sur Katsumi fit semblant de lui parler, tout en lui bourrant la face de coups de poing.

Derrière la porte, des rires et des bruits de pas se mêlaient à la voix d'une femme ivre. Un type que l'on appelait Ishii entra, accompagné d'une fille titubante. « Je te dis non parce que ce serait la première fois que je… » disait cette dernière. Katsumi ouvrit ses yeux emplis de sang et tourna la tête vers la porte. Au son de cette voix, il avait vaguement compris…

— Tu arrives au bon moment, dit Takejima, nous avons quelque chose à te montrer…

— Quoi ?

— Regarde ce minable !

Il écarta le type qui dissimulait Katsumi et montra celui-ci du doigt. La femme s'écria :

— Katsumi ! Mon Dieu, c'est lui… Que fais-tu ici ? Que t'est-il arrivé ?

Katsumi eut soudain l'impression que le pire lui arrivait, mais il réussit à garder son calme et dit tranquillement :

— Eh bien, voilà ce que j'attendais, Akiko !

— Ishii, demanda Takejima, qui est cette fille ?

— Ma cousine… fit-il en se tournant vers elle. Il ajouta alors : Où as-tu connu ce type ?

— Ça ne te regarde pas !

— On s'en fout ! coupa Takejima. On attend Tezuka pour s'en occuper. Mais si Madame a un compte à régler, c'est le moment ou jamais… Toutefois, je vous préviens… c'est un fameux têtu qui résiste à tout…

— Se venger ? dit Ishii, nous n'avons rien contre ce gars. D'ailleurs, il est attaché et déjà préparé, le torturer ne serait pas amusant. J'étais simplement venu chercher mon copain Yajima, mais comme j'ai l'impression que la suite pourrait blesser les yeux d'une femme, on se tire, hein, Akiko ?

— Non, répondit-elle, moi je reste…

— Tu es encore plus saoule que je ne croyais !

— Saoule ou pas, j'ai quelques dettes à régler avec ce type !

— Alors, profitez-en, dit Takejima, faites-lui des caresses…

Akiko se détacha d'Ishii qui la tenait par la main, s'approcha de Katsumi et demeura immobile devant lui.

— Katsumi Shimada, dit-elle lentement, comme on se retrouve… Tu es beau, maintenant…

— Un vrai jeune premier ! pouffa quelqu'un.

Le garçon leva la tête, mais, entre ses cils collés par le sang, il ne vit qu'une figure floue et blanchâtre.

Elle lui donna une gifle :

— Katsumi, qu'as-tu fait de ta jolie gueule ?

— Madame, fit quelqu'un, j'ai le regret de vous dire que notre honorable ami ne voit rien. Tout à l'heure, il a bu du gin par les yeux…

Akiko regarda fixement Katsumi :

— Vraiment ? Tu n'y vois rien ?

— Heureusement que je ne te vois pas !

Elle se tut et considéra pensivement la figure tuméfiée du jeune homme.

— Allez-y donc ! souffla Takejima, ne vous gênez pas !

— C'était toi… murmura Katsumi. C'était toi… Il pensait : « Ce que j'attendais inconsciemment, c'était l'arrivée de cette fille, c'est drôle… Akiko que j'ai séduite sous la menace et abandonnée… la rencontrer en pareil état… Quelle ironie ! Bien sûr que nous avons des dettes à régler, une fameuse régularisation ! » Il se mit à rire.

— Qu'est-ce qui te fait rire ?

— Si tu es venue pour me payer tes dettes, c'est le moment… Si, par contre, c'est moi qui te dois quelque chose, vas-y, je suis à ta disposition.

— Qu'est-ce que tu racontes ? cria-t-elle en serrant ses poings tremblants. Quelqu'un lui offrit du whisky :

— Calmez-vous et réglez votre affaire tranquillement.

Akiko prit le verre et le jeta à la face de Katsumi.

— C'est tout ? dit Takejima en faisant la moue. Monsieur vous doit certainement davantage ?

— De quelles dettes s'agit-il ? interrompit Ishii.

Akiko s'appuya à son bras en pleurant :

— C'est avec lui que… tu sais… c'est lui…

Ishii regarda Katsumi d'un air furieux :

— Ah ! c'est lui ?

— Qu'est-ce ? demanda Takejima qui n'y comprenait rien.

— Une affaire qui concerne Akiko. Et ce salaud qui fait l'ignorant !

— L'ignorant ! rétorqua Katsumi. Je ne fais pas l'ignorant du tout ! J'ai été l'amant d'Akiko, c'est tout.

La situation lui paraissait de plus en plus bouffonne.

*

Katsumi avait rencontré Akiko au printemps, le dernier jour du championnat interscolaire de base-ball. Tous les étudiants, en uniforme, portaient des fanions et des pochettes aux couleurs de leur Université. Selon l'usage, ils avaient pris place au fond du stade et s'en prenaient aux passants ou aux ouvriers qui rentraient du travail, pour leur chercher querelle. À la sortie, ils se répandirent dans les rues de Tokyo pour fêter leur victoire. Quelques bagarres éclataient dans la bousculade, soit entre les supporters des deux équipes, soit entre les jeunes gens et les boutiquiers qui tiraient en hâte leur rideau.

Ayant perdu de vue son ami Ryoji, Katsumi se promenait avec Takeda et Aikawa. Ils avaient déjà fait plusieurs bistrots quand ils rencontrèrent le rugbyman Mishima et quelques copains.

— Eh ! Katsumi, vous n'êtes que trois, ça ne va pas ce soir ?

Ils lui répondirent quelques banalités et marchèrent jusqu'au coin d'une rue où ils virent Akiko et son amie qui sortaient d'une boutique.

— Bonsoir ! dirent-ils ensemble en s'attendant à voir les filles décamper.

— Bonsoir et félicitations pour votre gaieté ! répondirent-elles.

Ils se regardèrent, interloqués, cependant que l'une des deux filles plaisantait :

— Eh bien, vous voilà tout rêveurs ?

— Excusez-nous...

Reprenant ses esprits le premier, Katsumi offrit d'aller trinquer et elles acceptèrent.

Ils entrèrent dans une brasserie où des étudiants s'entassaient et chantaient en se tenant par le bras. Ils sortirent aussitôt, cherchèrent encore et finirent par s'installer dans une pièce particulière. Katsumi regardait les deux filles. L'une, qui avait les cheveux coupés court, attira son attention. Il avait déjà vu ce corps un peu maigre, mais où ?

— Je ne sais pas où nous avons pu nous voir... répondit-elle à sa question. Je ne me souviens pas...

— Ne l'écoutez pas ! coupa Aikawa.

— Ce n'est pas un jeu, cela m'intrigue...

— Moi aussi, répondit-elle.

Katsumi continua de l'observer. Elle avait un visage vraiment caractéristique avec ses yeux sévères. Son amie, Kyoko, bien que plus âgée, avait un air poupin. Elle demanda une allumette à Takeda d'une voix si puérile, que cela le fit sourire.

Aikawa commanda de la bière.

— Encore ! dit Akiko, nous préférons le saké.

Étonné, le jeune homme rappela la servante, non sans un coup d'œil complice à Katsumi. Ils se mirent à rire.

Les jeunes filles levaient fameusement le coude.

— Mais où avez-vous appris à boire comme cela ? leur dirent-ils, amusés.

Tandis qu'Aikawa, déjà saoul, commençait à somnoler, Takeda se leva pour aller aux toilettes en faisant un signe à Katsumi.

— J'ai une idée, lui dit-il, quand ils furent seuls. Les gamines sont à point, ce serait idiot de les lâcher maintenant. Je vais aller chez un pharmacien pour acheter de la drogue.

— Quelle drogue ?

— Un somnifère.

— Et si elles s'en aperçoivent ?

— Elles n'en sauront rien, et si elles s'en aperçoivent un jour, ce sera trop tard. Il n'y a qu'à coller le truc dans le saké. Au rythme où elles pompent, elles n'y verront que du bleu. Peut-être même seront-elles bientôt assez saoules pour se passer de la drogue…

— Et si elles dégueulent ? Elles seront dégoûtantes… Et Aikawa ?

— Je ne lui ai rien dit.

— D'accord. Mais… la drogue ?

— C'est le hic. On ne peut pas sortir tous les deux ensemble. Mais sortir seul est aussi dangereux. Tagawa et ses gars de l'équipe de rugby américain nous ont vus entrer ici et il se peut qu'ils nous attendent…

Takeda connaissait la question et pour cause… L'année précédente, alors qu'il faisait chanter un type, la bande à Tagawa lui avait passé une formidable raclée sous prétexte qu'il avait dit : « Félicitations », d'une drôle de voix.

— Je vais y aller, dit Katsumi, et si je rencontre Ryoji, au Sirène, je l'amène.

— J'expliquerai ton absence aux filles…

Toutes les boutiques étaient fermées. Katsumi se renseigna auprès d'un homme-sandwich qui lui indiqua une pharmacie éloignée. Il y alla en se hâtant, mais l'alcool lui coupait les jambes.

Le pharmacien regarda avec étonnement ce lycéen qui lui achetait un somnifère très puissant.

— Est-ce que le goût est fort ? demanda Katsumi en reniflant les pastilles.

— Non, on le sent à peine.

— Ça peut se boire dans du saké ?

— Oui, répondit le pharmacien en souriant.

Katsumi glissa la boîte dans sa poche et se rendit au Sirène. Ryoji était au comptoir avec Yoshimura, un type que Katsumi n'aimait pas. « C'est ce Yoshimura qui a fait une nouille de Ryoji, pensa le jeune homme en se dirigeant vers eux. Avec sa grosse tête, il ne sait rien faire d'autre que parler et tourner en rond… Ces types sont des inutiles. »

Il fit signe à Ryoji et vint s'asseoir à côté de lui. Il sortit sa boîte de pastilles et la secoua, puis, à voix basse, expliqua quel usage il comptait en faire.

— C'est un crime ! dit Yoshimura, un crime prémédité.

— Ta gueule, toi ! Si tu l'ouvres, tu auras affaire à moi…

— Ton copain Takeda mérite bien sa réputation… Il a le génie du mal… et toi tu te fais son complice…

Takeda avait terminé ses études secondaires en province et prétendait avoir versé cinq millions à l'un des administrateurs de l'Université pour s'y faire admettre. En cette période de scandales universitaires, Takeda ne se gênait pas pour raconter son histoire et donner le nom de l'administrateur. Personne ne savait la vérité, mais tous s'étonnaient qu'il pût être universitaire sans connaître l'alphabet latin. Il avait échoué à tous ses examens, mais son père, directeur d'une mine importante, gâtait exagérément ce fils unique. Dépourvu d'expérience et surtout de sens social, Takeda possédait, pour ce qui concernait le jeu et les femmes, une sorte de génie. Chose curieuse, il était avare et même pingre. En toutes circonstances, il se conduisait avec une telle candeur, ou une telle stupidité, que l'on était toujours tenté de rire ou de se mettre en colère. Connu par toutes ces références, chacun s'accordait à penser qu'il était capable de ruiner n'importe quelle fortune paternelle ou de la doubler en peu de temps.

— Rika ! demanda Katsumi à la servante, donnez-moi une cuillère.

Il pila les pastilles et les remit soigneusement dans la boîte.

— Il faut prendre des précautions, dit-il, sinon elles s'en apercevront.

— Cette histoire te vaudra les menottes, déclara Yoshimura en joignant ses poignets.

— Cela ne dépend que de toi ! Tu n'as qu'à fermer ta gueule ! D'ailleurs, les filles sont à demi consentantes…

— Alors, pourquoi ces pilules ?

— Pour ne pas avoir d'histoires si elles se réveillaient et changeaient d'avis… Franchement, connais-tu dans tout le Japon une femme qui, aimant se mettre du rouge à lèvres, n'aime pas faire l'amour ? Si les filles étaient des glaçons, elles ne seraient pas venues boire du saké avec nous… Nous ne faisons que les aider en supprimant les gênes et les conventions. Et puis un homme qui veut quelque chose n'a qu'à le faire et c'est tout !

— Ça va… tu as dit assez de saloperies… C'est extravagant… Tu t'es laissé embarquer par Takeda…

— Pour moi, il n'y a que trois plaisirs : se battre, boire et faire l'amour… N'est-ce pas, ma petite Rika ?

La servante détourna la tête en riant.

— En tout cas, reprit-il, j'irai jusqu'au bout de ce que j'ai entrepris, parce que je ne suis pas un type qui se défile. Je n'aime ni les scrupules ni les raisonnements inutiles et ma façon de vivre est plus saine que celle des hommes qui se creusent toujours le crâne.

Il commanda un double whisky.

— Katsumi… tes copains t'attendent…

— Je m'en fous ! Quand je m'occupe d'une affaire sérieuse, je le fais sérieusement… Et puisque j'ai l'occasion de dire ma façon de penser à ce crétin, je la dirai !

Il ôta la glace de son verre et pivota sur son tabouret pour se trouver en face de Yoshimura :

— Crois-tu vraiment qu'il faut penser pour vivre ? J'ai réfléchi à ton cas… et à mon avis, ce qui te manque le plus, c'est le courage… Tu ne sais pas agir. Si tu le savais, tu n'aurais pas cette gueule !

Il avait accompagné ces mots d'une tape sur la joue.

— Tu as trop bu, répondit Yoshimura. Et quand tu prétends que je suis un rêveur, tu te trompes. J'agis avec mes mains et mes pieds comme n'importe qui, mais seulement après avoir réfléchi. Cela donne du charme à la vie… ajouta-t-il en souriant à demi.

— Essaye donc d'être logique ! reprit Katsumi. Concrétise tes désirs ! Ce que je vais faire te paraît impardonnable, soit. Si malgré ta morale, tu en as envie, suis-moi. Sinon, va me dénoncer à la police. Choisis et ne reste pas entre deux paliers.

Tandis que Yoshimura réfléchissait, Katsumi pensa tout à coup : « Mais cette Akiko… cela me revient ! Je sais où je l'ai vue… Elle a changé sa coupe de cheveux… » Il éclata de rire.

— Qu'y a-t-il ? lui demanda Yoshimura.

— Rien… Il faut que je m'en aille… Si tu veux venir avec moi… Je t'assure que ce serait très drôle…

Dans la rue, il ne put étouffer son fou rire. Akiko était la fille que Yoshimura aimait sans être payé de retour.

Il se souvenait de ce jour d'automne où, devant servir de répétiteur, il s'était rendu à la bibliothèque pour y chercher Yoshimura qui y effectuait une surveillance. Le jeune homme était engagé dans une discussion idéologique avec quelques élèves. Vêtue d'une robe noire, brodée d'argent, très excentrique, Akiko lui donnait la réplique. Elle portait alors des cheveux très longs et défendait son point de vue avec une violence qui laissait les étudiants muets. Visiblement, Yoshimura perdait pied. En se grattant le crâne, il répétait : « Je ne crois pas… je ne pense pas. » Il était ridicule.

— Vous ne savez pas parce que je vous dis la vérité ! dit Akiko. Les étudiants se mirent à rire.

Yoshimura aimait briller dans la discussion, aussi Katsumi éprouva-t-il une sorte d'admiration pour la fille qui parvenait à le réduire au silence.

En sortant de la salle, le vaincu ne cessa de faire l'éloge d'Akiko. Sans doute cherchait-il à justifier sa défaite.

— Dis tout de suite que tu en es amoureux ! trancha Katsumi.

— Ne raconte pas de sottises ! répondit-il, fâché.

Toutefois, il ajouta : « Je me demande si je donne l'impression d'en être amoureux… »

Dès lors, Katsumi se moqua de lui. Plusieurs fois, il l'aperçut en compagnie d'Akiko et, plutôt que d'un soupirant, lui trouva l'air d'un élève bien sage.

*

Au restaurant, Takeda trépignait d'impatience. Quand il vit apparaître Katsumi, il lui demanda :

— Où es-tu allé ? Et l'achat ?

— Il est là, répondit le jeune homme en frappant sa poche. Takeda sourit.

Les deux filles étaient beaucoup plus gaies. Kyoko, surtout, paraissait ivre.

— Où étiez-vous donc ? demandèrent-elles. Ce n'était pas drôle avec ce petit garçon.

— Ne dites pas « ce petit garçon », ricana Takeda.

— Nous parlons d'Aikawa…

Il dormait, une main enfoncée dans sa poche.

— Eh bien, je suis là maintenant, dit Katsumi, et tout à votre service.

— Vous êtes gentil. Nous ne voulons plus de saké !

— Alors un peu de bière ? Et puis nous irons faire un tour.

Elles se levèrent pour aller aux toilettes et Katsumi versa le somnifère dans leurs verres en prenant garde de ne pas faire trop d'écume.

— Ah ! voilà la bière ! fit Aikawa en se réveillant.

Takeda prit un des verres drogués et le tendit au jeune homme qui l'avala d'un trait.

— Tu es dur… remarqua Katsumi.

— Ce type s'endort ou se réveille toujours à contretemps, répondit Takeda. Et s'il savait qu'il doit passer en second sur une fille, ça ne lui ferait pas plaisir.

Les deux amies sortirent des toilettes et Takeda remplit leurs verres.

— Cette bière a un drôle de goût… dit Akiko.

Katsumi fut parcouru d'un frisson, mais Takeda coupa :

— C'est le saké qui vous a laissé mauvaise bouche. Buvez un autre verre et cela ira mieux…

Katsumi la servit en tremblant un peu, furieux de sa couardise.

Aikawa dormait déjà et les jeunes filles paraissaient aussi ressentir l'effet du soporifique. Leurs mains semblaient sans force. Elles se penchèrent sur la natte et bâillèrent.

— J'ai sommeil, dit Kyoko.

— Allons faire un tour… répondit Takeda, cela nous dégrisera.

Ils sortirent. Katsumi soutenait Aikawa et les deux amies se cramponnaient aux épaules de Takeda. Elles s'endormaient debout.

*

Katsumi embarqua Aikawa dans un taxi, auquel il donna l'adresse du Sirène.

— Non, intervint Takeda. Il se peut que Ryoji y soit encore et fasse des ennuis.

— T'en fais pas, Rika s'en chargera, elle en a l'habitude. Il faut au moins être sûrs qu'il ne va pas se faire assassiner !

Cela fait, ils décidèrent d'aller dans l'appartement que Takeda possédait au cinquième étage d'une maison appartenant à la compagnie paternelle. C'était un endroit luxueux que Takeda et Katsumi utilisaient souvent pour leurs aventures.

— Nous avons une fameuse chance, dit Takeda. Ce soir, ma sœur fête un anniversaire chez une amie, elle ne rentrera pas.

La concierge leur ouvrit et sourit à leur groupe. Ils traversèrent le hall désert et montèrent l'escalier. Arrivés à l'appartement, ils allumèrent l'électricité et déposèrent les filles sur le canapé, puis ils discutèrent du partage. Tout d'abord, Katsumi se déclara indifférent. Peu après, il pensa à Yoshimura et insista pour avoir Akiko, sans toutefois donner la raison de son choix : Takeda était assez diabolique pour contrarier ses désirs.

— Laisse-la-moi, qu'est-ce que cela peut te faire ?

— Roublard… répondit Takeda, tu as compris comme moi qu'Akiko devait être meilleure au lit !

— Il n'y a pas grande différence, reprit Katsumi en biaisant. Supposons que je m'obstine à vouloir Akiko, que fais-tu ?

— Tirons au sort.

— C'est moi qui ai pris tous les risques ! s'énerva Katsumi. J'ai été chercher le médicament, c'est moi qui l'ai versé, c'est moi qui ai embarqué Aikawa ! Tu me dois bien le choix ?

— Ça va… prends-la…

Au bruit des clés, Akiko ouvrit les yeux et demanda d'une voix morne :

— Où sommes-nous ?

Katsumi la souleva et elle se défendit un peu. Il éclata de rire, l'embrassa sur la bouche et la porta sur le lit de la sœur de Takeda. Akiko se débattit contre le sommeil mais retomba dans sa torpeur.

« C'est cette fille que j'ai admirée un jour ? » pensait Katsumi en la regardant. Il la revoyait dans la bibliothèque, lors de sa discussion avec Yoshimura. Elle était belle et hautaine. Son port de tête était fier. C'était la même pourtant qui roulait des yeux de poisson ivre ou moribond. Il fit la grimace.

— Dis au moins quelque chose, saleté ! grogna-t-il.

Il se sentait envahi de colère et de mépris, tandis qu'il la saisissait par la poitrine et lui arrachait ses vêtements. À moitié nue, Akiko hochait la tête d'un air abruti.

— Ouvre les yeux et regarde-moi bien ! cria Katsumi.

Elle les ouvrit et il la gifla. Elle retomba sur le lit en bredouillant des mots incompréhensibles. Il bondit sur elle.

*

Takeda vint frapper à la porte de Katsumi. Akiko sanglotait sur son oreiller mouillé.

— Ces larmes n'ont aucun sens, dit le garçon. Elle chiale seulement parce que nous l'avons droguée.

— Nous allons avoir des ennuis, dit Takeda d'une voix embarrassée. La mienne était vierge et je ne sais plus comment la calmer.

— Et alors ?

— Il faut s'en débarrasser, les emmener ailleurs… Kyoko dit qu'elle va nous dénoncer à la police.

Katsumi se mit à rire en regardant ses joues égratignées.

— Que lui as-tu dit ?

— Que si elle allait à la police, ce serait elle qui subirait la honte. Mais il faut quand même trouver une solution.

Takeda partit chercher un taxi et lorsque Katsumi ouvrit sa porte, Kyoko se précipita en pleurant auprès d'Akiko. Elle avait des traces de coups sur les bras et le visage. Akiko prit son amie dans ses bras et dit en fixant Katsumi :

— Vous êtes deux brutes, deux salauds. J'irai à la police.

— On ne te prendra pas au sérieux. Vous avez bien accepté de nous suivre ?

— Lâche !

— Allons !… avouez que vous en mouriez d'envie…

— Qui aurait envie d'un individu ignoble comme vous ?

— Merci, répondit-il en riant.

Takeda revint et fit un signe aux filles. Aidé de Katsumi, il les poussa dans un taxi arrêté au bord du trottoir et donna au chauffeur les indications nécessaires pour revenir à l'endroit d'où ils étaient partis, mais en faisant de nombreux détours. Ils descendirent près d'un pont.

— Venez prendre une tasse de thé, dirent-ils.

— Non ! Ramenez-nous chez nous !

Ils marchèrent en soutenant les jeunes filles, et tournèrent le coin d'une rue.

— Attendez-moi ici, dit Takeda, je vais chercher des cigarettes.

Au même instant, déboucha un groupe d'étudiants, bras dessus, bras dessous.

— Vite ! Vite ! cria Katsumi, tirons-nous, c'est le moment !

Ils s'éloignèrent en courant, laissant Akiko et son amie, titubantes, sur le trottoir.

Tandis que Takeda partait de son côté, Katsumi entra au Sirène. Il mourait d'envie de raconter son exploit. La servante était en train de fermer.

— Ryoji est parti, dit-elle.

— Et Aikawa ?

— Il est ivre mort, répondit Rika, contrariée, c'est très ennuyeux.

— Moins que s'il était resté dans la rue, dit Katsumi, narquois. Il aurait pu s'y faire piétiner...

*

Une semaine plus tard, il reçut une lettre d'Akiko, et se demanda comment elle avait pu se procurer son adresse. Il était connu dans le quartier, il est vrai.

Akiko fixait seulement la date d'un rendez-vous et ajoutait en post-scriptum « qu'elle ne voulait pas lui faire d'ennuis ».

À l'heure convenue, Katsumi se rendit au café désigné, assez fier de lui. Une servante le guida au premier étage et Akiko entra quelques minutes plus tard. Elle vit Katsumi et lui fit un signe de la main. Assez embarrassé, le jeune homme se contenta de sourire.

Elle s'assit et il la regarda en coin, mal à l'aise.

— Excusez-moi pour ce qui s'est passé, dit-il au bout d'un instant.

— Non, je ne vous excuse pas. Dès que j'y pense, je deviens furieuse.

— On ne pouvait pas faire autrement. Que me veux-tu aujourd'hui ?

— Beaucoup de choses.

— Que devient Kyoko ?

— Elle est tellement bouleversée qu'elle ne vient même plus me voir. Ce Takeda est un type ignoble…

— Est-elle allée chez les flics ?

— Je ne sais pas… Peut-être…

— Et toi ?

— Il est fort possible que je vous dénonce. Cela dépend de vous.

— Mademoiselle veut faire du chantage ?

— Oui.

La servante s'approcha et, sans consulter Katsumi, Akiko commanda une boisson qui n'était pas sur la carte.

— Maintenant, dit-elle posément, dites-moi pourquoi vous m'avez choisie ? Vous m'avez dit que vous m'aviez vue quelque part. Où ?

Katsumi raconta la scène de la bibliothèque avec Yoshimura, puis il répondit à la première question de la jeune fille.

— Pourquoi je t'ai choisie ? Parce que tu me plaisais.

— Et maintenant, que pensez-vous de moi ?

— Que tu me fais peur, mais que tu me plais davantage.

— Menteur.

— Pourquoi ?

— Vous devez le savoir.

Flatté, Katsumi pensa : « Ma parole, elle me fait la cour ! »

— Et toi, que penses-tu de moi ? demanda-t-il.

Elle leva la tête et regarda par la fenêtre :

— J'aime votre culot. Par contre, je déteste votre camarade, l'enfant gâté…

— Alors, ce que tu veux, c'est que je te dise que je t'aime ? Et que j'aime aussi ton culot ?

— Si je te le demandais, dit-elle gravement, serais-je incorrecte ?

— Nom de Dieu ! Que c'est drôle !

Ils éclatèrent de rire.

— Je ne sais si je puis tomber amoureux aussi rapidement, reprit Katsumi. Et d'abord, être amoureux, qu'est-ce que c'est ?

— Vous n'avez jamais aimé ?

— Quand je rencontre une fille qui me plaît, j'hésite toujours à lui dire des mots d'amour.

— Et vous faites avec elle comme avec moi ?

— Je ne sais… Moi, il me faut toujours un truc ! Je suis fait comme ça ! Si j'essayais autrement, je n'aurais aucune chance d'arriver à ce que je veux.

Akiko rougit puis dit en prenant son courage à deux mains :

— Si vous ne pouvez faire autrement, je me résigne à votre méthode.

Elle fut à lui le soir même.

*

Deux semaines plus tard, au Sirène, Katsumi rencontra Ryoji et Yoshimura.

— Alors, lui dit ce dernier, on ne te voit plus ! Aurais-tu une bonne fortune ?

Katsumi pensa à Akiko et se sentit mal à l'aise.

— Pas spécialement…

— Tu me fais un peu peur, Katsumi… Tu es jeune, tu jettes ta gourme, mais un jour tu t'en repentiras… Un jour, tes copains et toi, vous comprendrez que vos jeux sont factices et futiles.

— Je me fous de ce que l'on raconte sur moi et de ce que je penserai plus tard. Ce qui est important, dans la vie, c'est le présent. Je vis seul, loin de la foule, et pourtant j'étouffe… Surtout quand je vois ta gueule… Le monde où tu vis, où nous vivons, n'est pour moi qu'une boîte exiguë qui nous déchiquette, lambeau par lambeau. Je veux en sortir, comprends-tu, et je ferai n'importe quoi pour en sortir ! Je me moque du bien et du mal… Je n'ai pas le temps de réfléchir… Si on se met à réfléchir, on n'avance plus. Je veux détruire tout ce qui m'entrave !

— Mais c'est toi-même que tu détruis en te conduisant de la sorte ! Quoi que tu fasses, tu ne trouveras rien… Tu te bats contre un mur et tout ce que tu fais n'est que du vent !

— Et toi, tu n'en fais pas, du vent ? Non, tu n'en fais même pas… cria Katsumi, excité par l'alcool. Tu n'es même pas capable de tomber une fille ! Et veux-tu que je te dise… les deux filles que nous avons séduites, Takeda et moi, eh bien l'une se nomme Kyoko et l'autre, Akiko !

Ryoji voulut intervenir, mais Katsumi le repoussa :

— Et Akiko, je me la suis envoyée ! Elle sait y faire, la garce… Toi, tu es le gars qui paye… Moi, celui qu'elle aime !

Yoshimura devint livide et Katsumi remarqua qu'il se maîtrisait difficilement. Cependant, il parvint à prendre un verre d'eau et à le boire d'un trait.

— Oui, continua Katsumi, furieux, elle est très intelligente, et au lit, elle est de première ! Elle connaît un tas de trucs…

— Salaud !

Hors de lui, Yoshimura voulut jeter son verre sur Katsumi, mais celui-ci lui secoua le bras. Le verre tomba et se cassa.

— Tais-toi ! supplia Ryoji.

— Ne t'en fais pas, lui répondit Katsumi, je fais une expérience. Je veux savoir jusqu'où il peut aller. Allons, Yoshimura, montre-nous que tu n'es qu'une merde !

Le jeune homme avala sa salive et dissimula ses mains tremblantes :

— Ça va, dit-il, je ne veux pas faire de bêtises ici.

— Mais non, cela ne va pas ! Tape-moi dessus au lieu de briser ton miroir en rentrant chez toi ! Il n'y a que ça qui puisse te consoler d'être cocu !

— Ça suffit ! dit Ryoji en empoignant Katsumi.

— Sois tranquille, il n'y aura pas de querelle… Je n'ai aucune raison d'en vouloir à ce pauvre type…

Il sortit.

De ce jour, Yoshimura ne lui adressa plus la parole, mais chaque fois qu'il le rencontrait, Katsumi ne pouvait s'empêcher de cligner de l'œil et de le regarder avec mépris.

Les jours passèrent. Bientôt Katsumi en eut assez d'Akiko et s'en sépara. Elle se cramponna, le harcela, jusqu'au jour où, révoltée, elle l'insulta.

— Quoi ! lui répondit le garçon, je ne suis pas ton laquais, ni ton jouet ! Va donc déclarer à la police que je suis devenu froid… Fais-le donc ! Si je suis resté avec toi, tout ce temps, c'est parce que tu me plaisais… et non par crainte de ton chantage… donc, ne gueule pas ! On en a marre tous les deux, il vaut mieux se quitter…

— Qu'ai-je donc été pour toi ?

— Une femme.

— Ne sois pas grossier !

— Si tu n'es pas une femme, qu'est-ce que tu es ? Je t'ai désirée, je t'ai eue. Maintenant je ne te désire plus… que veux-tu que je te dise d'autre ? des grossièretés ?

Akiko pâlit de rage. Depuis ce jour, ils ne s'étaient plus revus.

*

Dans l'arrière-boutique du café, alors qu'Akiko se réfugiait auprès d'Ishii, ce dernier l'écarta.

— Ah ! c'est toi le salaud ? dit-il en se plantant devant la chaise où Katsumi était attaché. Si je l'avais su, il y a longtemps que je t'aurais cassé la gueule.

— Ferme-la ! cria Katsumi, tu fais trop de bruit ! Je ne te connais pas et tu n'as rien à voir dans mes histoires avec Akiko !

— Je ne te dirai plus rien, sinon ce qui s'est passé après cette fameuse nuit ! Sais-tu que Kyoko est devenue folle ? Quant à Akiko, si elle était naïve ou imbécile, ce ne serait rien, mais elle était sérieuse, et tu as osé…

Sans achever sa phrase, il le frappa de toutes ses forces. Ses coups étaient si violents que Katsumi les ressentit dans tous ses os. Il ne put y résister qu'en acceptant leur rythme et serra les dents. Sa chair gonfla. Sa figure s'enfla comme une citrouille. Ishii l'empoigna par les cheveux et cracha sur son visage couvert de sang. Puis il se tourna vers Akiko :

— Regarde cette gueule ! Bien qu'elle soit défigurée, souviens-toi que c'est la même ! Vas-y, tape !

Akiko hésita. Il la prit par la main et insista.

— Vas-y, frappe !

Elle regarda ce sang qui coulait dans la bouche de Katsumi, noyait ses yeux et glissait vers ses oreilles. La voyait-il ? Il soupira et cracha. Les mains de la jeune fille en furent éclaboussées. Y voyait-il ? Il souriait quand même, provocant…

« Ah !… ce sourire qui ne veut jamais être battu, pensait-elle, c'est lui qui m'a conquise dès le premier soir. C'était ce sourire qu'il avait lorsqu'il m'a jetée sur le lit… » À ce souvenir, elle fut prise de rage, leva le bras et gifla le jeune homme, en haletant. Katsumi baissa la tête puis la releva. Le sourire qui se dessinait encore sur ses lèvres était horrible.

Akiko frappa encore pour chasser ce défi. Elle gifla sans arrêt, puis, étourdie par ses propres coups, sanglota. Ses mains effleurèrent encore le cou et les épaules de Katsumi, puis rencontrèrent le vide. Elle chancela et tomba à genoux en pleurant.

Takejima et ses gars éclatèrent de rire.

— Akiko, qu'est-ce qui te prend ?

Accrochée aux genoux de Katsumi, la jeune fille hoquetait.

— Fous le camp, cria Katsumi, tu es lugubre ! Il secoua ses genoux et lui donna un coup de pied qui la fit tomber à la renverse.

— Salaud, tu as donné un coup de pied à une femme !

— Qu'est-ce qu'elle a à me frapper et à chialer ensuite ?

— Merde ! cria Ishii en tapant du pied dans l'estomac de Katsumi. Ce dernier tomba avec sa chaise et perdit à demi connaissance. Une douleur chaude lui enserrait la poitrine, il ne pouvait plus respirer. Ishii lui piétina la figure. Katsumi sentit un fer de talon lui pénétrer dans la tempe et, sous la douleur, reprit conscience.

— C'est assez ! Arrêtez ! implora Akiko.

— Tais-toi ! hurla Ishii. Il chercha les artères du cou et les piétina. Katsumi se débattait et quelque chose de bouillant inondait sa tête. Ses visions étaient rougeâtres. Il agonisait… Pourtant, chaque fois qu'il reprenait ses esprits, il se demandait où il en était. « Cette fois, on m'étripe… pensa-t-il, presque insensible aux coups. J'ai trop mal pour souffrir encore… »

— Arrête-toi, dit Takejima, tu vas le tuer.

Dégrisés, tous regardaient Katsumi et Ishii. L'un d'eux se frotta le cou pour bien se persuader qu'il ne rêvait pas.

— Salaud ! cette fois tu as ton compte, hein ? fit Ishii. Encore un peu et tu crèves… Demande pardon à Akiko et je te lâche !

— Tue-moi plutôt ! eut la force de souffler Katsumi.

— Ah ! tu veux crever ? Mais cela ne m'intéresse pas ! Je n'ai pas besoin de l'admiration des autres…

Il allait taper encore, mais Akiko l'arrêta :

— Il ne dira jamais pardon.

— Il est dur, répondit Ishii, mais je lui ferai dire pardon.

Tous regardèrent Katsumi dans l'attente que ses nerfs finissent par craquer.

— Katsumi ! supplia Akiko, demande pardon, fais des excuses…

Katsumi perçut vaguement sa voix. Bien qu'il essayât de concentrer ce qui lui restait de pensée, il s'embrouillait dans une énigme qui, pourtant, devait être très simple. Un coup de pied à l'épaule le fit gémir :

— Non, jamais…

Soudain, des pas d'homme se firent entendre. Kawada et Tezuka entrèrent.

— Je l'ai trouvé au Michigan… dit Kawada, un bar où il ne va jamais… Yamayoshi va venir. Eh bien ! Katsumi, tu as changé de gueule ! ajouta-t-il en se versant du whisky.

Yamayoshi entra et se tint immobile à côté de Tezuka. Ils semblaient intimidés. L'un pâlissait tandis que l'autre tremblait.

— La suite est pour vous ! dit Takejima. Opérez comme vous l'entendez… Je crois que ce monsieur vous doit quelque chose ?

Tezuka devint furieux tout à coup et frappa.

— Les gifles ne lui font plus rien, reprit Takejima. C'est dépassé. Yamayoshi, qu'est-ce que tu attends ?

— Mais…

— Mais quoi, hurla Takejima. Toi et tes copains, vous manœuvrez assez bien un certain petit outil ?

— Non, pas ça…

— Ferme-la !

Tezuka sortit un couteau à cran d'arrêt.

— J'y vais, dit-il. Mais sous ses doigts tremblants, la lame ne venait pas.

Takejima tendit la main :

— Prête-moi ça !

Il ouvrit le couteau et le rendit à Tezuka.

— Comment faut-il l'opérer ? demanda ce dernier.

— À la Yosaburo !

— Par où je commence ?

Un peu gauche, Tezuka se tenait droit, le couteau pointé, mais en regardant Katsumi lié à sa chaise, il reprit courage. Il hésita encore, puis commença à piquer les joues. La tête baissée, Katsumi ne disait rien. Le contact froid de la lame le réveilla et lui procura même un certain plaisir. Il attendit la suite.

Tezuka releva le couteau et regarda les autres.

— Froussard ! cria Takejima, prête-moi ça !

— Ta gueule, je fais mes affaires tout seul !

Il leva le bras.

— Attendez ! cria Akiko, laissez-moi faire ! Je veux faire la première balafre !

— Qui es-tu ?

— Laisse-la faire ! Elle est au moins aussi courageuse que toi !

— Akiko ! cria Ishii, pas ça !

— Taisez-vous, tous !

Elle s'avança et tendit la main vers Tezuka stupéfait.

— Passe-lui le couteau, imbécile ! ordonna Takejima.

Akiko se saisit de la lame et l'éleva en fixant Katsumi.

— Surtout ne lui coupe pas les couilles ! rigola quelqu'un.

— Vos gueules ! rugit Takejima.

« Elle va me tuer… pensa Katsumi. Je n'aurais jamais cru qu'elle puisse en arriver à me haïr jusque-là… C'est tout simple… ma vie fout le camp… »

Une ombre se pencha sur lui et il se redressa légèrement pour recevoir ce dernier coup. Il n'avait même plus envie de résister… Il divaguait…

Tout à coup, il sentit la lame toucher ses poignets pour trancher la ceinture. Akiko cria :

— Barre-toi ! Vite ! Fous le camp ! Au secours !… au secours !… hurla-t-elle aussitôt.

Un type la renversa :

— Salope ! Putain !

Katsumi essaya de bondir, mais une de ses jambes ne lui obéissait plus. Il tomba à genoux et parvint à se remettre debout. Malgré ses yeux brûlés, il discerna les gars de Takejima sur la défensive, et la porte de sortie… Péniblement, il se dirigea vers cette dernière, mais quelqu'un le poussa par-derrière. Il tomba en heurtant une table et un autre type le frappa avec une bouteille cassée. Une douleur épaisse, brûlante, le ceintura. Il voulut repousser le bras de son adversaire, mais rencontra la bouteille où ses doigts s'entaillèrent. Bien que le sang coulât sur ses mains, il put l'arracher et la lancer sur son agresseur. En tenant ses doigts blessés dans sa main gauche, il rampa vers la porte.

Akiko éclata en cris stridents.

— Ferme-la, salope ! lui cria Takejima. Il crèvera pas ! J'en ai connu d'autres qui étaient plus amochés et qui s'en sont tirés ! Ishii, c'est toi qui nous as amené cette conne, emmène-la !

— Foutons-le dans la rue de derrière et tirons-nous ! dit un gars en désignant Katsumi. Quelqu'un le ramassera !

Ils le prirent par les pieds et le traînèrent dans la rue, puis l'abandonnèrent sur le pavé, entre deux boutiques.

— Katsumi, crièrent-ils avant de décamper, gueule fort ! Sinon, on te prendra pour un ivrogne !

Pour se calmer, Katsumi comptait : « Un… deux… trois… » Toute la partie inférieure de son corps était paralysée. « Sept… huit… neuf… » Il tâta sa blessure ventrale et quelque chose de tiède et de gluant glissa sur ses doigts.

« Mais ce sont mes tripes que je touche ! pensa-t-il épouvanté. Et c'est moi qui ai voulu cela… Si Yoshimura me voyait, il dirait qu'il avait raison… mais non, il se trompe… C'est moi qui ai raison ! »

Il tenta de ricaner, mais le sang se remit à couler de sa blessure. Des pensées tournoyèrent dans sa tête :

« Je vais peut-être y rester… c'est ridicule de crever comme ça… Mourir, ça doit se faire plus dignement. »

« Comment, plus dignement ? »

« Je crois que je comprends… Mourir, qu'est-ce que c'est ? »

« Mais je veux vivre ! Vivre… pour comprendre pourquoi on meurt… »

« Katsumi, tu ne vas pas crever comme ça ? »

« Est-ce que je vais mourir ? »

« C'est idiot ! »

« Insensé… »

« Ça saigne trop… Je n'aurai pas le temps d'attendre quelqu'un… »

« Il faut que je m'en sorte… Il y a une rue là-bas. »

Quelqu'un rit au loin.

« Il faut aller jusque-là… »

Katsumi posa une main à terre, mais ses doigts lui faisaient si mal qu'il ne put s'y appuyer…

« Il y a de la lumière dans la rue… Il faut y arriver. »

« Pourquoi tout cela ? Pour Ryoji ? Pour Tezuka ? Pour Akiko ? »

« Moi, j'étais le héros de cette histoire… »

« Pourquoi ? Qui m'a poussé là-dedans ? Qui m'y a jeté ? Quelle est cette force ? »

« Ryoji, Tezuka, Akiko et les autres, est-ce qu'ils ne sont pas des éléments de cette force ? »

« C'est à cause d'eux que j'en suis là… Je divague… je dis des conneries… Mais j'ai tenu… J'ai fait ce que je voulais faire… »

« Que signifie ce que rabâche Yoshimura ? Non et non ! Il a tort et pourtant, je comprends… »

La rue était là, tout près. Doucement, lentement, il se traîna en égratignant le sol… Il posait d'abord la paume de sa main, puis ses doigts blessés… L'autre main soutenait le ventre…

Le yacht et le jeune homme

Depuis qu'il avait accompagné le couple Higgins autour de l'île d'Oshima, le jour de la coupe Arnold, le jeune homme ne vivait plus que pour posséder un yacht, son yacht à lui.

Le soir de la course, à bord du yacht des Higgins qui glissait lentement vers la ligne de départ, il avait eu soudain la révélation d'un monde inconnu et merveilleux, celui des bateaux. Le lendemain, alors que le yacht voguait vers la victoire, le choc se renouvela pour lui laisser un plaisir triste et doux. Il en eut un frisson et garda de cet univers liquide une envie violente et sensuelle, insatiable.

Sous le ciel étoilé, sur la mer noire, infinie, il avait alors aperçu un spectacle étrangement tendre et enivrant. Il en avait éprouvé un terrible sentiment de solitude, une envie de pleurer sans raison et d'autres impressions dont il ne se souvenait pas exactement.

Après leur victoire, les Higgins avaient invité le jeune homme à fêter leur triomphe, mais il s'était esquivé comme un fuyard. Il avait hâte de se retrouver calme et seul. Pendant la nuit, dans son lit, il se remémora la scène d'amour qu'il avait vue :

« Ni la compétition ni la victoire n'ont de sens à côté de cela, répétait-il. Je me suis senti abandonné. »

Il fixait la pénombre et revoyait les deux spectacles qui l'avaient bouleversé : le yacht et le couple. Ces deux images se mêlaient en lui et le torturaient. Tout son corps était étreint d'une sorte d'impatience. Il changea de position pour chasser ces pensées, mais elles continuèrent de l'envelopper d'une angoisse douce et pénible. Il roula en travers du lit, se tordit, sans parvenir à se maîtriser. Sa double personnalité se révélait avec une force qui le déchirait comme un sabre. Au souvenir de ce qu'il avait vu, sa nature et sa sensibilité s'éveillaient brutalement et une révolte le soulevait contre l'ignorance dans laquelle il avait vécu jusqu'ici.

Ainsi, de ces vingt-quatre heures de course autour de l'île, il ne tirait aucune fierté, aucune joie. Il n'en gardait que cette anxiété qui avait pris racine en lui, sous le ciel d'été, au rythme de la mer.

Il réfléchit encore, puis murmura :

« J'ai décidé… j'ai décidé… »

Il écarta sa couverture, s'assit sur le lit et dit calmement, dans l'obscurité : « J'ai décidé d'avoir un yacht. Il faut que j'en possède un, même minuscule. J'achèterai mon yacht et ensuite, je ferai comme les Higgins. »

Cette résolution prise, il en fut satisfait. D'ores et déjà, sa vie lui parut tracée. Il ferma les yeux et s'endormit. Bien que la fatigue l'eût terrassé, son sommeil fut peuplé de rêves. Il vit un yacht glisser dans une lumière irréelle, sur un gouffre noir… puis le corps blanc d'une femme. Le rêve s'effilocha. Il était maintenant couché à plat ventre sur le yacht et, au-dessus de lui, la lune brillait. Le bateau n'était ni un sea horse, ni un snip, mais un yacht tout blanc dont il dirigeait le gouvernail du pied. Le pont gardait encore la tiédeur de la journée… et cette tiédeur était celle du sein de sa mère lorsqu'il était petit enfant… C'était aussi celle qui l'avait envahi sur la fin des régates, quand il s'était trouvé tout seul, abandonné, pendant que les autres s'aimaient…

Tout à coup, le yacht devint sa mère morte depuis longtemps. Il l'étreignit de toutes ses forces, et en éprouva une grande honte : car il ne serrait plus dans ses bras que le couple Higgins… Ses dents grincèrent comme les haubans, dans la nuit.

*

C'était un soir de mai, un samedi. Au coucher du soleil, le vent se leva et le mégaphone de terre annonça en anglais et en japonais :

« Il est exactement huit heures. Actuellement, le vent a une vitesse de douze mètres. Vers minuit, il sera plus fort. Les bateaux devront naviguer avec précaution. »

L'annonce fut répétée plusieurs fois, mais le vent qui soufflait dans les vergues et le jeu des étais en couvraient la voix. À bord, les préparatifs de départ s'accéléraient. Les mâts grinçaient sous la manœuvre des cordes et les vagues couraient au long du brise-lames. De yacht à yacht, on s'observait, un peu inquiet mais souriant.

Le yacht des Higgins était un cruiser assez solide pour tenir tête à une forte tempête.

Tandis que chacun attendait le départ fixé à la nuit, les vagues frappaient les bateaux et les poussaient vigoureusement. L'écume jaillissait jusqu'au pont, puis retombait dans des abîmes qui effrayaient les plus braves. La mer ne paraissait faire tout ce bruit que pour ces quelques bateaux que le ciel regardait en clignotant de ses yeux d'étoiles. Il n'y avait pas le moindre nuage.

Des yachts qui étaient allés reconnaître le vent, au large, rentrèrent dans la rade en tirant des bordées le long de la jetée. Le mégaphone se faisait entendre par intermittence :

« Speed… wind… 12 meters… second… »

Machinalement, le jeune homme répéta :

— Vent de douze mètres-seconde… mais il va augmenter.

— All right, boy ! dit en riant Higgins, qui était au gouvernail. Sa femme, qui faisait quelques rangements dans la cabine, sortit et s'appuya contre son mari en regardant le ciel.

Mr Higgins était un vétéran. Son cruiser, le *Sylph*, qu'il avait fait venir au Japon, était relativement petit, mais il avait déjà navigué de la Méditerranée japonaise au Hokkaido, en suivant les côtes du Pacifique. Il était membre du Yacht Club de San Francisco et en portait, passée par le soleil et la mer, la vieille casquette qu'il enfonçait sur son visage bruni jusqu'à ses yeux gris.

Sur terre, Mr Higgins était un homme affable, mais en mer, il devenait grave et mélancolique. Quand il emmenait le jeune homme dans sa voiture de sport rouge, il était très gai. À bord, il donnait ses ordres gravement, les yeux fixés sur l'avant du bateau. Le jeune homme aimait le visage sérieux de cet Américain, car parmi les étrangers qui venaient au port pour s'amuser, seuls les Higgins donnaient l'impression d'aimer vraiment la mer.

Quoique petite, Mrs Higgins était une femme robuste et belle qui devait avoir environ dix ans de moins que son mari. Elle était arrivée au Japon après leur mariage et y avait appris la navigation. L'année suivante, elle seconda son mari sur ce yacht tout neuf et fit avec lui la croisière du Hokkaido. Elle tenait souvent le gouvernail et Mr Higgins, qui s'apercevait immédiatement de la moindre faute, criait pour attirer son attention. Elle hochait la tête en s'excusant et posait sur le jeune homme des yeux chatoyants et timides. À ces moments-là, il la regardait avec beaucoup de sympathie et songeait qu'elle aurait pu être la sœur qu'il n'avait pas eue.

En fin de semaine, le jeune homme prit l'habitude de visiter les Higgins et de les aider à équiper leur bateau. Comme la main-d'œuvre manquait, il en vint à travailler pour eux. Une familiarité s'établit entre eux et il devint leur yacht-boy régulier. Ce couple sans enfants témoignait beaucoup d'amitié au jeune garçon, car il était vif et débrouillard.

Ils se connaissaient depuis six mois environ lorsque eut lieu la coupe Arnold. Jusque-là, le jeune homme n'avait jamais participé aux courses de régates qui se déroulaient autour de l'île. Il s'était toujours embarqué avec des étrangers qui devenaient verdâtres à la plus petite houle et abandonnaient le parcours, ou avec d'autres qui, sitôt qu'ils étaient dépassés, mettaient le cap sur Shimoda ou Ito, dans la péninsule d'Izu, pour y prendre les eaux thermales. Dès qu'ils avaient débarqué, ils retrouvaient leur gaieté, sifflotaient, faisaient des signes aux enfants, lorgnaient les femmes et saluaient les passagers des bateaux de plaisance qui quittaient le port. Le jeune homme lançait sur eux des regards furieux qu'il détournait ensuite sur la ligne de la haute mer.

Le tour complet de l'île d'Oshima était ainsi devenu pour lui un rêve inaccessible. Il lui arrivait de s'imaginer qu'elle disparaîtrait dès qu'il l'approcherait, comme dans les légendes. Aussi, en attendant le moment du départ avec les Higgins, ressentait-il une quiétude joyeuse. Enfin, il était sûr de faire le tour de l'île et même d'arriver vainqueur. Malgré le gros temps, il se répétait : « À bord de ce bateau, il n'y a rien à craindre… » Il était déjà à l'aise comme s'il venait de semer un poursuivant.

Vingt minutes avant le départ, une frégate de guerre alluma une lanterne bleue à son mât et braqua son projecteur vers la terre. Le rai lumineux balaya les vagues jusqu'à la côte : la ligne de départ était fixée.

Alors, le jeune homme eut devant les yeux un spectacle féerique. Pareil à un cheval de la mythologie, un yacht s'avançait rapidement, entre la mer et le ciel sombre ses voiles gonflées sous la lumière du projecteur. Avec sa selle noire, ses naseaux fumants, il ressemblait à un coursier puissant, galopant avec fougue. L'image s'effaça, puis réapparut comme un fantôme blanc glissant sur l'eau. Une lumière rouge se projeta sur la grand-voile, et le yacht devint un jeune guerrier, gravement blessé… Le guerrier disparut lui aussi, et il ne demeura plus que la houle qui rugissait sous le vent. Tout s'était passé en quelques secondes, mais ces images se gravèrent dans le cœur du jeune homme. Tremblant, ému, le souffle court et le cœur battant, il empoigna fortement un étai.

« Holà ! Yo holà ! » cria-t-il. Comme pour répondre à cet appel, un autre yacht passa, un peu penché. Il courut vers le large et le jeune homme regretta de ne pouvoir s'envoler librement comme un grand oiseau blanc.

— Mr Higgins ! Ne voudriez-vous pas prendre un peu plus au large ?

— OK.

Il barra largement. Le yacht s'inclina et décrivit une grande courbe.

Au-delà du projecteur, là où les étoiles plongent dans la mer, plusieurs yachts, pareils à des cavaliers, se dessinaient. La houle empêchait de distinguer leurs lumières, mais on apercevait les voiles blanches, penchées selon le même angle, régulièrement espacées, qui filaient vers l'horizon.

Pour la première fois et malgré sa connaissance de la navigation, le jeune homme ressentit une émotion violente et indéfinissable. Il ferma les yeux et les rouvrit à plusieurs reprises pour mieux admirer ce spectacle irréel. Il lui semblait partir au-devant des plus beaux jours de son enfance et d'un monde inconnu, plein de surprises. Un instant, il crut à ces merveilles.

Le *Sylph* passa sous la lumière crue du projecteur qui révéla les détails de son armature avec plus de précision que le grand soleil. Le pont mouillé luisait. Il semblait poli par la voile blanche qui s'y reflétait. Sur le mât principal, les étais se détachaient nettement. Pour des yeux habitués à l'obscurité, tout s'illuminait.

Une ombre noire frôla la voile de l'avant, franchit le rayon de lumière, les dépassa et plongea dans les ténèbres. « Oh ! » dit Mrs Higgins en couvrant son visage de ses mains. Le jeune homme avait eu le temps de reconnaître la silhouette du yacht. « *Okichi Maru* », cria-t-il.

L'*Okichi Maru* était aussi un cruiser, mais d'une catégorie différente de celle du *Sylph*. Avec ses deux gros mâts, il faisait plus de soixante tonnes. Peint d'une couleur unie, blanc ou bleuâtre, il portait sur la proue une déesse sculptée, à demi nue, aux joues pâles, aux lèvres vermillon, aux cheveux en bataille. Le nom : *Okichi Maru* était peint en lettres vertes.

Il appartenait à Mr Arnold, directeur général pour l'Extrême-Orient d'une grande compagnie américaine et fondateur de la coupe du même nom. C'était un pédéraste célèbre auprès de tous les gens du port. Il embarquait comme matelots de jeunes garçons qu'il choisissait avec soin.

Avec sa peau blanche et froide, l'*Okichi Maru* était bien digne de son nom[1]. Ce harem, chargé d'éphèbes, avança mystérieusement dans la clarté et disparut bientôt. Les projecteurs du port s'éteignirent. Un moment après,

1. Okichi : femme japonaise, maîtresse du premier consul américain Townsend Harris, lors de son installation à Shimoda, en 1856. (*N.d.T.*)

cinq lanternes rouges s'allumèrent. Une fusée bleue monta dans le ciel. Le mégaphone annonça :

« Five minutes before starting. »

À chaque minute, une fusée partait et une lampe rouge s'éteignait. Higgins engagea le *Sylph* sur la ligne de départ. Il faisait son tuck lorsque la quatrième lumière disparut. Un feu d'artifice éclaira le ciel et illumina le yacht.

— Ça y est ! cria le jeune homme tout excité.

— Just now… start… sans donner de mou… OK… ça va…

— Allons-y ! hurla-t-on de tous les bords.

— Bonne chance ! crièrent les spectateurs.

Sylph, Triton, Catherina, Safran, Gaie, de l'Université K, *Kaio Maru*, de l'Université N, *Emiko, Seki* et *Neptune*, du Club J, s'élancèrent vers le large et s'engloutirent dans la nuit noire.

Lorsque le *Sylph* passa près du brise-lames, à la sortie du port, ils entendirent les coups violents du sillage contre la jetée. Les lumières du port s'éloignèrent. Le *Sylph* prit la tête. Derrière lui, les yachts naviguaient feux éteints, de façon à cacher leurs plans de route. Ils ne se rallumèrent qu'en haute mer. L'*Okichi Maru* apparut, tout illuminé, superbe.

Le jeune homme se souvint que Mr Arnold portait toujours des lunettes noires, même la nuit, et cela le fit rire. Au large, la mer était plus claire que dans la rade obscurcie par l'ombre des montagnes. Les crêtes blanches des vagues se reflétaient sur les ponts. Cette nuit-là, pour le jeune homme, tout était merveilleux.

Le *Sylph* poursuivit seul sa route. Il n'y avait aucune voile à l'horizon.

*

Le lendemain matin, le jeune homme fut réveillé pour prendre son tour de quart. Aussitôt, il vit l'île d'Oshima avec son volcan et ses plages. Elle était pourpre dans l'aurore et semblait attendre on ne sait quel prodige.

Le vent, qui soufflait depuis la veille, tomba, et une brise caressa la mer, d'est en ouest, jusqu'au sud de la péninsule de Boso. Après l'ouragan mouillé de la nuit, elle apportait une fraîcheur agréable.

Le jeune homme sortit le spinnaker et tira habilement la voile, dont l'ouverture était commandée par un mince fil, prudente précaution pour ne pas chavirer. À un moment propice, il la tendit et le vent la prit. En un instant, il la hissa en haut du mât. Le jeune homme coupa le fil et elle se gonfla comme un parachute. La corde tirait très fort et le yacht parut s'envoler...

À l'horizon, le soleil grossit et illumina ce matin de mai, bleu et clair. La mer devint étincelante. Sur le pont du *Kaio Maru*, les étudiants de l'Université N se promenaient tout nus, sous leurs maillots de bain pendus aux étais. En apercevant Mrs Higgins qui sortait de sa cabine, ils se mirent à pousser des cris d'animaux.

Les contours de l'île d'Oshima grandirent. L'archipel d'Izu se révéla : Toshima... Utokijima... Niijima... Au flanc du volcan, se dessinaient des taches claires qui devaient être des sablières. Près du sommet, entre les laves et les rochers noirs, une verdure précoce s'accrochait. Ces derniers temps, le Miharayama avait grondé à plusieurs reprises et des fumées s'élevaient de son cratère.

Les vagues déferlaient sur une plage où se détachait un bâtiment administratif, tout blanc. Des fleurs sauvages, rouges et jaunes, s'y épanouissaient, et un peu plus loin, dans la plaine côtière, des vaches paissaient…

Le *Sylph* passa le bras de mer de Habou et y croisa quelques rares bateaux, puis il arriva en vue du petit village de Sashikichi. Là, il s'immobilisa, car la brise venait de tomber. Il flotta mollement sur une houle longue, dans le calme soleil de midi. L'eau était si claire que l'on distinguait tous les détails sous-marins. Il n'y avait pas de poissons, mais les ombres des vagues jouaient sur des rochers profonds de douze ou treize mètres.

La mer vira au vert. Sans doute le bateau surplombait-il un gouffre ? Le jeune homme se coucha à plat ventre sur le spinnaker abaissé sur le pont avant. Il lui semblait faire partie de toutes ces choses. Il étreignit la voile imprégnée de l'odeur des marées et frotta sa peau contre la toile rugueuse avant de s'y enrouler.

Il s'éveilla vers dix heures. Le yacht était toujours immobile. Sur le pont, Mrs Higgins dessinait au pastel des vues de l'île, et, à côté d'elle, son mari plaisantait. Elle écarta ces mains qui la taquinaient et en fut bientôt prisonnière. Alors, elle attira l'homme vers elle. Ils s'étreignirent étroitement.

Le jeune homme se crut indiscret et ferma les yeux.

Un vent très lent, venu du sud, s'éleva. Les voiles du *Safran* et du *Faucon* se gonflèrent. Ils étaient prêts à partir.

Le *Sylph* passa au large de la ville de Motomura. Le bateau du service régulier d'Ito les croisa. Son sillage était empli de papiers multicolores et de pelures de mandarines. Il laissa aux yachtmen une impression citadine, un peu ridicule. Le vent prit de la vitesse et le *Sylph* amorça sa route de retour.

*

Si le jeune homme désirait autant avoir son yacht, c'était à cause des deux scènes qu'il avait vues la veille et la nuit des régates. C'étaient elles qui avaient enfiévré son désir. Depuis, non seulement le yacht était pour lui une liaison entre deux mondes, mais aussi un corps de femme. Le premier spectacle, celui du yacht galopant comme un coursier vers quelque île de légende, l'avait profondément ému. Le second le bouleversa.

Le yacht passait au large de Motomura et se dirigeait vers le port. En même temps que le soleil couchant, les phares de Shimoda, Kamiko Motojima et de Sekirozski se mirent à scintiller. La vitesse du vent était de six à sept mètres. La mer s'obscurcissait. Au loin, on distinguait deux bâtiments, sans pouvoir dire s'il s'agissait de yachts engagés dans la course ou seulement de voiliers rentrant au port.

Après avoir regardé la carte marine et jeté un coup d'œil sur sa montre, Mr Higgins dit au jeune homme :

— Comme nous étions en tête à la tombée du vent, nous pouvons gagner. Avec la brise actuelle, il nous sera aisé d'arriver vers dix heures. Prends la barre pendant que je vais faire une petite sieste.

Il entra dans la cabine, suivi de Mrs Higgins.

Le jeune homme alluma le feu de pont, fixa la barre avec une corde et monta sur le toit pour s'étendre. Le ciel était aussi clair que la veille, mais il n'y avait pas d'étoiles filantes. Elles étaient immobiles et tout près du yacht, prêtes à tomber à la mer. Le jeune homme dessina une constellation imaginaire en forme de roue de gouvernail. Il chercha une étoile centrale et en repéra une. « Ça y est ! » dit-il, joyeux. Un instant après, il lui sembla que son étoile n'était pas tout à fait au milieu, mais, comme elle lui plaisait, il essaya de faire un cercle autour d'elle. Il ne put y parvenir. « Ce sont les étoiles qui bougent ! » bougonna-t-il.

Il observa alors la marche du yacht. Il se dirigeait vers l'arrivée, en ligne droite. S'il se trompait maintenant, le jeune homme en serait désespéré. Seul sur le toit, il rêva, puis, en faisant un effort, tenta de se remémorer ce qu'il avait vu au moment du départ. Mais le cheval fougueux n'était plus qu'un fantôme flottant dans la pénombre… une illusion. Il voulut en recréer l'apparition, mais ne put faire surgir de l'ombre qu'un bref éclair. Il fixait le noir, pourtant, en retenant son souffle, et n'aurait sans doute pas été étonné de voir monter du gouffre une colonne étincelante. Ses sens demeurèrent aux aguets, et, tout à coup, il entendit un gémissement de femme. Il y en eut un autre, puis des cris étouffés.

Le jeune homme dressa l'oreille mais ne perçut que le rythme des vagues qui couraient devant le bateau.

Le yacht glissait sans bruit sous un bon vent, et les étais eux-mêmes demeuraient silencieux. Posé sur le pont, le spinnaker était d'une étrange blancheur.

« Pourquoi Higgins ne pense-t-il pas à tendre une autre voile ? » songea le jeune homme.

Pour ne pas le réveiller, il en prit l'initiative, puis alla assurer le gouvernail. Il eut besoin d'une aiguille et de fil pour monter le spinnaker et descendit à la cabine.

Il était en bas de l'escalier et posait la main sur la porte, lorsque, par la fenêtre, il vit… Un frisson inconnu le parcourut et il recula d'un pas. Mais bientôt, il ne put résister à la curiosité et regarda. Dans la faible clarté de la cabine, deux corps s'enlaçaient sur le lit comme des spectres étranges. Les deux longs bras blancs de Mrs Higgins étreignaient une taille masculine qui vibrait sur un rythme tendre. Ses lèvres ouvertes et un peu fuyantes émettaient des cris sans résonance. Elle ouvrit à demi les yeux et le jeune homme craignit qu'elle ne le vît. Il remonta précipitamment l'escalier.

Troublé, affolé, il eut le pressentiment d'un plaisir extraordinaire. Sa volonté, sa raison s'en allaient… Il ne comprenait pas ce qu'il avait vu, mais tout son être en était secoué. Il pensa à sa mère à qui il avait dit adieu alors qu'il était encore petit, et se sentit abandonné, désespéré.

Dans les ruelles sombres, autour du port, il avait surpris parfois des amoureux qui s'embrassaient. Il les avait méprisés. Mais cette fois, il était bouleversé par une beauté, une séduction inconnues qui, déjà, l'attachaient.

N'ayant personne à qui se confier, il eut hâte d'arriver au port.

Un peu après neuf heures, Higgins sortit de la cabine.

— Eh bien ! Nous arrivons !

Le jeune homme regarda le visage de Mrs Higgins qui apparaissait, et le trouva tiré. Il l'observa avec une curiosité d'inquisiteur, mais ne put surprendre son secret. Il ne répondit guère aux questions de Higgins. Cet homme qu'il estimait lui était devenu étranger. Il éprouvait à son égard de la colère et même de la haine.

En vue de Tateyama, une frégate qui était au mouillage leur fit un signal lumineux. Au large de Shibazaki, le yacht rasa les rochers à fleur d'eau et fit un dernier tuck dans la rade, avant la zone d'arrivée. Prévenues par le signal de la frégate, les autorités du port firent sonner les cloches de la ville.

— Il est neuf heures vingt-sept, dit Higgins, nous avons mis vingt-cinq heures et sept minutes !

Douze minutes plus tard, le *Triton* entra dans la zone. Sept minutes après, ce fut la *Gaie*.

Dès le débarquement, on sut que le *Sylph* gagnait le trophée toutes catégories. Au classement final, il l'emporta de douze minutes. Higgins sauta de joie, embrassa sa femme et serra la main du jeune homme. Ce dernier demeura pâle et muet. Il remit les équipements en ordre, puis quitta le yacht sans mot dire.

*

L'été arriva et les hommes s'occupèrent davantage de leurs bateaux. Le jeune homme travaillait d'arrache-pied, car il épargnait ses gains pour acheter, un jour, le yacht de ses rêves. Il en venait à avoir pitié de lui-même.

Talonné par son désir, il se fit audacieux et s'enhardit jusqu'à réclamer des pourboires aux clients. Il finit même par demander une augmentation à Matsukawa, le patron du port.

— Quoi ? lui répondit-il, une augmentation ? À un gosse comme toi ? Pour que tu fasses des bêtises ?

Toutefois, il consentit à lui verser un peu plus d'argent.

Le jeune homme se mit en quête d'autres ressources. Sous prétexte de leçons de navigation aux clients inexpérimentés, ou de visites de sites réputés, il prit l'habitude de dépasser le temps de location des bateaux et d'empocher la différence. Auprès de Matsukawa, il inventait, pour expliquer ses retards, des fautes ou des difficultés.

Un jour qu'il se rendait en canot à bord du *Sylph* pour y reprendre un objet oublié, il passa près d'un yacht. Debout sur le pont, un homme se soulageait. Son urine éclaboussa le flanc du *Sylph* qui roulait dans le sillage des canots à moteur.

— Hé ! cria le jeune homme, que fais-tu ?

L'homme le regarda et, s'apercevant qu'il avait affaire à un gamin, détourna la tête en faisant semblant de ne pas l'entendre.

Le jeune homme continua de l'insulter.

— Ferme-la ! répondit l'autre. Tu gueules pour un rien ! À la mer, c'est chose qui se fait !

— Salaud ! dit le garçon en montant sur le *Sylph*. Les bateaux sont sacrés ! Une femme n'a pas le droit d'enjamber le mât de ce yacht... Je peux encore moins supporter de le voir souiller !

— Ta gueule, sale môme ! De quel droit cries-tu comme ça ? Je ne t'ai rien dit, moi ?

— Je suis le gardien de ce bateau ! Je le gère !

— Tu le gères ! Laisse-moi rigoler !

— Tu vas voir ! dit le jeune homme en sautant sur le yacht qui tangua sous le bond et fit chanceler son passager. Profitant du moment, le garçon le poussa. L'homme riposta par un coup de poing dans le vide, perdit l'équilibre et tomba à la mer. Ses vêtements le gênèrent pour nager et il ne put éviter le gamin qui se laissait choir sur lui pour le pousser au fond. Habitué au renflouement des bateaux coulés, le jeune homme était bon nageur. Il attendit d'être à bout de souffle pour remonter d'une talonnade qui enfonça l'autre un peu plus. Par quatre fois, l'homme sortit la tête pour la plonger sous une bourrade. Pâle, il vomit et coula. Après l'avoir saisi à l'épaule, le jeune homme le poussa vers le flanc du yacht.

— Tu as fini de faire le malin ? cria le garçon, ou en veux-tu encore pour mieux comprendre ?

En même temps, il pointait le couteau de matelot qu'il portait toujours à la ceinture. L'homme s'agrippa à la corde et hocha mollement la tête.

Tout s'était passé si vite que rien n'avait été vu depuis le port.

Le jeune homme aida l'autre à monter sur le pont et lui dit :

— Maintenant, si tu veux aller te plaindre aux gens du port, fais-le, mais je te préviens que tous mes copains sont des durs et qu'ils n'ont pas beaucoup de patience… Cela peut te coûter une belle rossée car, après tout, tu n'es qu'un touriste et tu fais le malin sur un yacht de location !

— Je vous demande humblement pardon.

— Pardon ? L'affaire ne se réglera pas par un mot d'excuse, c'est trop facile…

— N'en faites pas une montagne… Ne dites rien à vos amis, je vous en prie.

Il fouilla dans sa cabine, en tira son short et sortit d'une poche trois billets de mille yens.

— Avec cela, m'excuserez-vous ?

— T'excuser pour trois sous ! Non, mais…

L'homme regarda le couteau et sortit un autre billet qu'il tendit en s'inclinant.

— Bon, ça va… dit le jeune homme, narquois. Puisque tu me le demandes, je ne dirai rien. Mais je te conseille de te tirer immédiatement, sinon…

Le jeune homme mit ses quatre mille yens à la caisse d'épargne. Ils avaient été faciles à faire.

La saison d'été s'acheva et tous les yachts, sauf ceux des professionnels, furent remisés. Néanmoins, le jeune homme continua de venir régulièrement au port, en fin de semaine. Il n'était qu'en quatrième de lycée et il lui était difficile de trouver d'autres travaux. Il accompagna ponctuellement les Higgins dans leurs sorties, même durant les jours de classe. Le couple s'inquiéta de le voir arriver à l'heure pour les randonnées en auto.

— Et ton école ? demanda Higgins.

— Je m'en fous, répondit-il d'un air satisfait.

À part cet Américain, personne ne se souciait de son instruction et de son existence. À la mort de sa mère, il avait été élevé par une vieille femme qui, autrefois, faisait chez eux de petits travaux. Son frère aîné, étudiant à Tokyo, ne venait jamais, même pendant les vacances. Quant à son père, ancien capitaine de vaisseau, il avait fondé une compagnie commerciale et fait faillite. Depuis, il ne faisait rien. Pour tuer son oisiveté, il allait chez l'un, chez l'autre, et le jeune garçon, livré à lui-même, se débrouillait tout seul pour gagner son argent de poche. Il ne voyait que rarement son père, absent de midi à la nuit, et lui réservait l'air distant qu'il prenait pour sa vieille nourrice. À l'école, il ne se lia avec personne, car il trouvait ses camarades trop puérils.

Ses copains étaient les hommes du port, des marins violents et malins, au langage chargé d'injures. Et parmi eux, il n'y avait que Tokiji qui fût réellement son ami. Il le considérait comme son frère, bien plus que celui qui faisait des études à l'Université de Tokyo.

Au début de l'automne, le jeune homme et Tokiji partirent pêcher au large d'Enoshima. La journée était encore chaude. Ils rentrèrent en faisant un détour dans la rade et virent, ancré dans le port, un yacht brillant qui jaugeait bien quarante tonnes. C'était un très beau bateau, peint de couleur argent, sauf sur le mât, le pont et les cabines. Le soleil couchant se reflétait sur sa coque et c'était merveilleux. En passant près de lui, les deux amis aperçurent deux jeunes couples sur le pont, et un autre plus âgé.

— D'où venez-vous ? cria le jeune homme.

— De Hong Kong ! répondit un des passagers en les saluant de la main.

Les jeunes femmes qui étaient allongées sur le pont levèrent la tête et éclatèrent de rire. Elles étaient en maillot et paraissaient à l'aise malgré la saison avancée.

— C'est formidable... répéta plusieurs fois le jeune homme. Le désir de posséder un yacht grandit encore en lui et il répondit par monosyllabes aux paroles de Tokiji.

— Bon Dieu, si j'avais un pareil yacht, disait ce dernier, j'irais où je voudrais !

Le jeune homme faillit avouer son projet. Mais le seul fait de dire « mon yacht » lui paraissait sacrilège. Il n'avait jamais confié son secret à personne, de peur que son rêve ne s'en allât. Il serra les lèvres.

*

L'hiver venu, l'activité du port cessa complètement, mais le désir d'acheter un yacht possédait toujours le jeune homme. Quand il se rendait au magasin de Yokohama, pour y faire une course quelconque, il dérobait des accessoires, des poulies, n'importe quoi qui pût servir un jour à son bateau.

En classe, il dessinait durant tout le cours, et les yachts envahissaient ses cahiers. Rien d'autre ne l'intéressait, sinon la classe d'anglais, matière où il était très bon.

Un jour, pendant un examen de langue japonaise, il frappa dans le dos de l'élève qui se trouvait devant lui pour qu'il lui passât sa copie. L'autre comprit mais refusa peureusement, non sans un geste ostensible. Le professeur s'en aperçut et, s'approchant du jeune homme, lui déclara :

— Tu as de la chance qu'il ne s'agisse que d'une composition. Dans un examen, cela te vaudrait une expulsion temporaire. Pour cette fois, tu remettras seulement ta feuille blanche.

Pendant la récréation, les élèves firent des commentaires. Tous condamnaient l'élève qui avait refusé sa copie et éveillé l'attention du professeur. Le jeune homme n'était l'objet d'aucun blâme.

— Cessez de l'insulter, leur dit-il, moi, je ne lui en veux pas.

Feignant la magnanimité, il s'approcha de l'écolier et l'attira à l'écart :

— Attends-moi à la sortie.

L'élève pâlit. Bien que le jeune homme suivît les cours d'une classe inférieure, sa réputation parmi ses camarades était fort mauvaise. À l'heure convenue, il se prosterna à ses pieds et lui demanda pardon.

— Ça va ! fit l'autre. Je ne te frapperai pas. Mais n'as-tu pas honte de ce que tu as fait ? Cela ne te coûtait rien de me passer ta copie ?

Il finit par lui extorquer sa montre, ou plutôt par se la faire offrir.

— Je l'accepte, dit-il, mais comme je ne veux pas de cadeau en nature, je la mettrai au clou. Je te donnerai le billet de fourgue et quand tu auras quelques sous, tu iras la dégager. Compris ?

Accompagné de quelques camarades, il se rendit chez trois prêteurs et engagea la montre contre la plus forte avance.

Quelques jours plus tard, l'affaire fut dénoncée. Il fut décidé que le garçon serait exclu. Finalement, on le transféra dans un autre lycée.

De ce jour, des bruits coururent. On disait que l'affaire ne se terminerait pas là. Le dénonciateur et la victime changeaient de route, chaque jour, pour aller à l'école. Tout d'abord, le jeune homme ne réagit pas, mais quand il apprit ce qui se racontait, il se mit aux aguets et finit par coincer le traître. Il l'apostropha :

— C'est à toi que je dois mon expulsion, n'est-ce pas ? Ça se paye, non ?

Et comme il l'avait fait pour l'autre, il fit aussi chanter celui-là.

En réalité, le lycée où il entra était une maison de redressement. Le jeune homme y emporta son couteau de matelot. Vers le troisième jour, les élèves l'invitèrent à se rendre dans la cour arrière du gymnase. Il y alla, enfonça son couteau dans un tronc d'arbre, et, debout à côté de lui, se tint prêt à la bagarre. Il avait l'air si décidé, si rompu à la bataille... Son corps était si robuste, si souple, que le chef du groupe qui l'avait convoqué le jaugea en un instant.

— Tu me parais un gars bien, dit-il au jeune homme qui avait arraché son couteau de l'arbre et le tenait entre ses dents.

La cérémonie d'accueil était achevée.

Le jeune homme comprit très vite la mentalité qui régnait dans l'établissement et prit l'habitude d'afficher une attitude supérieure devant ses aînés. Quand il avait en face de lui un garçon réputé batailleur, il prenait les devants et lui disait avec un air d'homme :

— Dis, tu as un mok *(cigarette en argot d'étudiant)* ?

Ou bien :

— Qu'est-ce que c'est que ces façons de me regarder sans rien me payer ?

C'était souvent une manière de compliquer les situations les plus simples. Cette attitude répétée finit par lui donner une allure de camelot à l'affût des clients. Sitôt qu'il sentait la moquerie ou la provocation, il accrochait et se battait méchamment. Pour son âge, il était réellement fort et très courageux.

Ces bagarres n'avaient pour lui pas grand but, sinon la satisfaction de se battre, car il l'emportait presque toujours. Les autres cherchaient le recul, la fuite de l'adversaire, la victoire enfin qui flattait leur amour-propre. C'étaient des sortes de combats d'étiquette, de duels à la première touche. Pour le jeune homme, chaque bataille était un accrochage à mort. Il fallait que son ennemi gémît et se rendît. C'était aussi une affaire. Considérant la réconciliation comme une perte de temps et d'efforts, il voyait surtout dans le combat des clients qui devaient payer.

Dans toute l'école, il fut bientôt connu pour un dur, aimant passionnément la bagarre. Un jour, quelqu'un, le voyant tirer son couteau, cita le proverbe : « Toute épée a un fou » et il ajouta : « Ce type en est un. »

*

Il fit pas mal d'argent ainsi. Son corps était toujours marqué, mais il en paraissait heureux. Les victimes venant à manquer, il en chercha dans les autres écoles ou parmi les jeunes gens qu'il croisait dans la rue. Arrogant, il avait une façon bien à lui de toiser les gens et de faire éclater une querelle en un instant. Quand on acceptait de le payer immédiatement, il se montrait condescendant, mais, le plus souvent, il provoquait le premier coup de son adversaire et l'abattait.

Un jour, il rencontra trois types qu'il avait rossés individuellement et qui en avaient été de leurs montres. Il voulut recommencer avec leur groupe, mais se fit descendre en quelques minutes. Ils le giflèrent si violemment qu'il en fut défiguré. Cela le calma. Il perdit le goût de la bataille en encaissant, dans le bas-ventre, un coup qui le fit souffrir atrocement. Il se crut mutilé et eut peur. Cependant, les trois garçons l'abandonnèrent gémissant, et lui dirent en partant :

— Pour un jeunot, tu as un fameux culot. Cela t'apprendra…

Les yeux troubles, divaguant, il les regarda partir. Devant lui, flottait l'image d'un yacht blanc.

Au fond, l'attachement qu'il éprouvait pour son rêve était fait d'un désir enfantin, d'un besoin de s'affirmer et d'un espoir de revanche. Seul, le yacht lui permettrait d'atteindre les deux images du monde qui s'étaient révélées à lui, la nuit des régates, et dont il avait tant souffert.

*

Au bout de quelques jours de convalescence, il revint à l'école et montra sa blessure à un camarade.

— Quand j'ai reçu ce coup, lui dit-il, j'ai eu très mal. Je souffre encore. Suppose que je sois devenu impuissant, avant d'avoir connu une femme… Tu parles d'une catastrophe !

Il regretta immédiatement ce qu'il avait dit. Ne venait-il pas d'avouer qu'il était encore vierge ? Heureusement, l'autre se méprit :

— Allons quoi, tu peux marcher… le reste marchera aussi…

Il ajouta à voix basse :

— Dis… on y va ce soir ? Il y a longtemps que je n'y suis pas allé, et puis tout seul, c'est embêtant…

Le jeune homme n'osa refuser. Il se rendit à la caisse d'épargne pour y retirer de l'argent. Cela lui fit de la peine, pourtant quand ce fut fait, il attendit avec impatience que son camarade vînt le prendre.

La fille qu'il choisit s'appelait Haruko (Mlle Printemps). À la vue des kimonos pendus contre le mur de la chambre, la tête lui tournait déjà… La blancheur du futon acheva de le griser.

Excité et figé à la fois, il subissait une irritation pénible. Des vagues déferlaient en lui. « Enfin quoi, pensait-il, je suis là, dans cette chambre, avec cette fille… »

— C'est la première fois que tu viens dans une maison de ce genre, n'est-ce pas ? lui demanda Haruko.

— Oui… répondit-il timidement.

Il était venu en ghetas[1] et ses pieds étaient sales. La jeune femme les lui nettoya avec une serviette. Elle était assise près de lui et il sentait la tiédeur de sa peau. Tout à coup,

1. Socques. (*N.d.T.*)

il craignit que ses pieds ne trahissent ses halètements et il les retira brusquement.

Cette nuit-là, il dormit dans les bras de Haruko. Il rêva qu'il était couché sur son yacht ancré au pied d'une falaise surmontée d'un château fort en ruine. Sous la tiédeur du soleil, il contemplait le large et étreignait son yacht qui se métamorphosa en sa mère. Il en reconnut la poitrine douce et les bras si tendres, si chauds. Quant au paysage qui les entourait, il l'avait déjà vu quelque part… Peu après, il se trouva ensanglanté dans une bataille. Il gisait sur le sable fin d'une plage et personne ne faisait attention à lui. Il se mit à crier et un passant se retourna pour le prendre dans ses bras. Ce n'était autre que le camarade qui l'avait emmené chez Haruko. Il se transforma aussitôt en Mrs Higgins. Mais elle-même devint une femme inconnue…

Haruko le secoua doucement pour l'éveiller.

Depuis lors, il retourna fréquemment chez les filles. Il en changeait souvent, mais revenait toujours à Haruko, la plus sensible, la plus aimante. Pour cela, il retira une partie de ses économies et s'en consola en songeant que ces prélèvements ne gêneraient guère ses plans.

L'hiver amena la morte-saison. Maintenant, le jeune homme berçait ses rêves sur les quais déserts du port. Depuis la nuit des régates, il avait mêlé à son désir d'un yacht celui de posséder aussi une femme et, connaissant le corps de Haruko, ce fut elle qu'il unit à sa passion de la mer. Dans ses bras, il ne pouvait s'empêcher de penser à « son yacht » et l'ivresse qu'il éprouvait par elle lui semblait un trait d'union entre le présent et les souvenirs de l'été. Quand il songeait à l'étreinte du couple Higgins, il se demandait souvent s'il connaissait la même chose avec Haruko et concluait chaque fois : « Non, ce ne peut être pareil. » Ce sentiment provenait-il de la différence des deux femmes ? Ou était-il inconsciemment amoureux de Mrs Higgins ? Certes, il avait été souvent troublé par son regard. Pour ce jeune orphelin, ignorant et candide, Mrs Higgins représentait le premier visage de l'amour. De plus, elle était belle et lui témoignait de l'affection. Mais il ne savait pas très bien distinguer, en elle, ce qui appartenait à la femme de ce qu'il retrouvait de sa mère. Les adultes eux-mêmes savent-ils toujours le discerner ?

Cependant, le jeune homme avait compris clairement ses deux émotions : Haruko lui avait donné une volupté mûre et chaude, un plaisir essentiellement sensuel, alors que la vue des Higgins lui avait apporté un choc sentimental. En les regardant, il avait éprouvé un frisson, un effarement comparables aux sensations vibrantes, limpides, causées par la contemplation d'un ciel étoilé, infini. Néanmoins, il s'y mêlait assez d'étonnement et de trouble pour qu'il confondît ses deux impressions.

« Je veux faire la même chose que les Higgins, ruminait-il, sur mon yacht à moi, et pour y arriver, tous les moyens seront bons. »

C'était le rôle d'un Higgins qu'il voulait recréer. C'était le yacht, la femme et la mer qu'il voulait enfermer ensemble dans ses bras…

*

Au printemps, le jeune homme passa tant bien que mal ses examens, puis la saison du port revint. Sur les quais régnait une animation fébrile. Les uns vérifiaient les équipements. Les autres ôtaient les toiles de leur yacht, pour le repeindre. Au fur et à mesure que les bateaux prenaient la mer, tous les souvenirs de l'année écoulée prenaient vie.

Un dimanche, après avoir terminé l'aménagement du *Sylph*, le jeune homme fit, avec les Higgins, un essai au large de la rade. Il prit le gouvernail et retrouva avec émotion les bruits familiers : le claquement des voiles, le crissement des étais, le clapotis des vagues… Cependant, il avait le sentiment profond que le trio n'était plus le même. Cela l'attristait. Il ne retrouvait sa joie qu'en tirant sur les cordes pour dépasser un voilier. Sur le chemin du retour, il s'écria soudain :

« Regardez ! Là ! Le *Contessa*… Il est vraiment splendide ! »

Ce yacht élégant et frêle appartenait à un milliardaire. Il était si pur de lignes qu'il faisait penser à un corps féminin. C'était un yacht de lac et son propriétaire, qui engageait, chaque année, de gros frais pour sa décoration, le sortait rarement en haute mer. Le spectacle n'en était que plus précieux, assez semblable à celui d'une élégante montant dans sa voiture pour se rendre à une soirée.

Le jeune homme s'appelait Makio, mais Higgins l'avait surnommé Marquis. En le voyant tout ému, il lui dit en souriant :

— Alors, Marquis, tu es amoureux de cette comtesse ?

Makio ne répondit pas, mais le soir même, il alla voir Haruko. Elle n'était pas libre, car il avait omis de la prévenir. C'était la première fois que cela lui arrivait, il se sentit trahi.

— Prends-en une autre, lui dit-on, cela te changera.

Blessé, il déclina l'offre et sortit. Dans la rue, il se fit des reproches : « Après tout, ce n'est qu'une prostituée ! Il est bien normal qu'elle couche avec un autre ! » Au lieu de l'apaiser, ce raisonnement l'exaspéra davantage. Il erra sur les quais déserts avec l'envie de crier : « Cette Haruko est une imbécile ! »

Il alla au port. La marée montante couvrait les rochers et des reflets lumineux se brisaient à la surface de l'eau, éparpillés. « Imbécile ! » répéta-t-il plusieurs fois, puis il s'accroupit dans un coin sombre et se mit à pleurer. Un moment après, il ne put s'empêcher de courir au bordel. Haruko était disponible. Il entra dans sa chambre et ne dit rien.

— Excuse-moi… commença-t-elle. Mais… qu'as-tu ? Tu as pleuré ? Dis-moi, qu'y a-t-il ? Qu'est-ce que tu as fait ?

Makio fit semblant de bouder et Haruko éclata de rire. Cette nuit-là, elle fut si tendre qu'il lui avoua son projet d'acheter un yacht. La fille l'écouta d'un air indifférent.

— Quand l'auras-tu, ce yacht ? lui demanda-t-elle.

— Bientôt… bientôt… et alors…

Il fut sur le point de lui raconter ce qu'il avait vu sur le *Sylph*, puis se contenta de murmurer :

— Alors… je t'emmènerai…

*

Les yachts neufs commençaient à envahir le port. Les promeneurs s'arrêtaient pour les examiner comme des filles. Ils en discutaient le prix et se disputaient parfois sur les qualités de l'un ou de l'autre.

Le jeune homme observait chaque nouveau bateau avec un sentiment d'irritation. Il en trouvait les propriétaires indignes, et refoulait son humiliation.

Un jour que les gens du port admiraient un snip flambant neuf, il y vit monter un étudiant et son amie. Malade de jalousie, il les regarda quitter le port.

Dans la soirée, il vit le snip amarré devant le plan incliné. En haut du quai était fixé un grand yacht de la classe L. Sans être vu, le jeune homme s'en approcha et retira le crochet qui bloquait le chariot de mise à l'eau. Un peu plus tard, un passant toucha le yacht qui se détacha soudain, glissa sur le plan de ciment et heurta le snip de plein fouet, ouvrant une large brèche.

Cyniquement, Makio participa aux travaux de secours. Il songeait qu'il possédait à peine quarante mille yens. Même avec ses gains de l'été, il ne pourrait s'acheter un snip avant longtemps.

Au début de la saison, il décida de monter un coup. Il entra dans une salle du Club-House où des employés d'Arnold, le pédéraste, jouaient au poker et s'imposa à eux par la force. Comme marques, les jeunes gens utilisaient des allumettes d'une valeur fictive de dix yens.

Le jeune homme en prit un paquet et fit semblant d'animer le jeu.

— Je mets… trois mille yens, dit-il, ça va ?

Le banquier surenchérit :

— Non, quatre mille…

Ils firent un pot de sept mille yens. Le jeune homme gagna et dit :

— Allez… paye cash… Et pas en allumettes…

— Tu n'y penses pas ! Je n'ai pas une somme pareille ! Et puis, nous ne jouions pas de l'argent !

— Alors, file-moi ta montre…

De crainte que les habitués du club ne remarquent la querelle, Makio entraîna les jeunes gens dans une cour retirée et, là, tira son couteau. Un des types s'enfuit et un autre, profitant d'un moment d'inattention du jeune homme, lui arracha la lame et la jeta au loin. La bataille s'engagea.

Le garçon qui s'était sauvé revint avec Arnold et un autre employé : Sugiyama. Réprimandés, tous s'arrêtèrent, sauf Makio, qui continua de brandir une rame cassée. Arnold le saisit par le bras et le gronda. Le jeune homme se rebella mais la main qui le tenait était puissante, il dut céder. Arnold le serra contre lui et Makio fut envahi par la sensation molle, tiède, qu'il avait déjà expérimentée l'année précédente, à l'entrée du club. Higgins, qui parlait avec Arnold, l'avait appelé :

— Hé, Marquis ! Chotto ! *(Attends.)*

Le pédéraste avait pris la main du garçon et demandé gentiment :

— C'est toi, le Marquis ?

— Oui, monsieur.

Le regard d'Arnold était impénétrable derrière ses lunettes noires. Il lui avait tapoté la joue en souriant puis caressé les épaules. Makio éprouvait un malaise onctueux et ambigu.

La même répulsion le tenait là, hostile. Il se débattit et parvint à se dégager. Arnold voulut le rattraper, mais le jeune homme s'accroupit brusquement et le géant culbuta en poussant un juron. Tandis qu'il embrassait la terre, Makio déguerpit sans demander son reste. Furieux, le pédéraste invectiva ses gars stupéfaits, et Sugiyama pouffa.

Quelques heures plus tard, Higgins, qui avait appris l'affaire, sermonna le jeune homme :

— Pourquoi joues-tu ?

— Pour avoir de l'argent.

— Et pourquoi veux-tu de l'argent ?

— Pour acheter un yacht. J'ai déjà économisé pas mal, mais ce n'est pas suffisant.

Il raconta comment il avait réussi à épargner quarante mille yens dans l'année.

Higgins fut ému.

— Écoute, dit-il en riant, si tu veux gagner de l'argent, le jeu n'est pas une bonne voie. J'ai un ami, à Yokohama, qui va bientôt rentrer en Amérique. Je vais lui demander de te laisser son snip à un prix avantageux.

— C'est vrai, monsieur ?

Higgins se contenta de sourire.

Vers la fin du mois d'août, ils allèrent à Yokohama pour voir le bateau. Vieux d'une année seulement, il était parfaitement entretenu. Les deux Américains discutèrent à l'écart et Makio eut l'impression que l'affaire avait été arrangée d'avance. L'ami de Higgins lui frappa sur l'épaule et répéta : « OK… OK… »

Le mois suivant, il retournait aux États-Unis et, après avoir ajouté quelque argent aux économies du jeune homme, Higgins acquit le yacht.

Le port tout entier le sut. Makio allait de l'un à l'autre en disant fièrement :

— Grâce à Mr Higgins, j'ai pu acheter mon yacht. Je le voulais depuis si longtemps… Mais cette fois, ça y est !

Le jour de la livraison, il se montra si agité que le patron du port ricana :

— Ma parole, on dirait que tu attends une épousée… Tâche d'être sérieux avec ton bateau, sinon tu auras affaire à moi.

Quand le camion arriva, les gens abandonnèrent leurs travaux pour regarder le déchargement. Le jeune homme croisait les bras d'un air heureux. Il était si content qu'il en oubliait de travailler et quelque effort qu'il fît pour dissimuler sa joie, celle-ci éclatait.

— Dis donc, cria Sugiyama, tu pourrais quand même donner un coup de main ?

Il se précipita mais ne sut que regarder ses mains qui tremblaient. Quand on dressa les mâts et les étais, il voulut aider, mais s'y prit si maladroitement qu'il dut s'arrêter. « C'est mon yacht… se répétait-il… mon yacht à moi… »

On mit le snip à la mer et Makio monta à bord. Jamais le reflet d'une coque dans l'eau ne lui avait paru aussi merveilleux. Il hissa toutes les voiles, tira les cordes et quitta l'amarre. Tokiji eut à peine le temps de sauter sur le pont.

Le yacht prit le vent et s'éloigna.

— Comme il est souple et rapide ! s'exclama Tokiji.

Le jeune homme ne lui répondit pas. Il serra les cordes et le snip s'inclina. Il glissait avec une élégance admirable sur un ciel à l'envers, bleu et liquide. L'écume de mer lava le visage de Tokiji, béat. Makio contempla les nuages lointains et, sans raison, eut envie de pleurer.

Le yacht voguait à pleines voiles. À chacun de ses tucks, il semblait au jeune homme plus obéissant et plus familier. Ils étaient déjà, tous deux, comme de vieux amis. Il le baptisa *Marquis* et cela fit un noble de plus dans ce grand monde des bateaux.

*

Pendant une semaine, Makio ne quitta guère son yacht. Il l'emmena partout, aux alentours du port. Puis il se souvint de Haruko. Il lui rendit visite avec ses derniers sous et lui dit sitôt qu'il la vit :

— Te souviens-tu de ce que je t'avais promis ?

— Quelle promesse ?

— De te faire monter sur « mon yacht » ?

— Oui…

— Eh bien, maintenant, je peux te faire monter sur mon yacht.

Comme il était difficile à la jeune fille de sortir en ville, il lui donna rendez-vous sur des rochers déserts, au bout de la rade, à un endroit où le snip pourrait aborder.

Il s'y rendit vers trois heures de l'après-midi, en longeant la côte, et fut inquiet de ne voir sur les rochers que quelques enfants qui pêchaient à la ligne.

— Elle n'est pas là… murmura-t-il, déçu.

Il allait repartir lorsqu'il aperçut une ombrelle rouge sur le sentier qui descendait à la plage.

— Holà !

Il ramena le yacht et accosta. Haruko portait une robe bleue de laquelle dépassaient quelques dentelles. Après avoir ôté ses ghetas, elle sauta à bord, aidée du jeune homme.

— Comment as-tu fait pour acheter un bateau pareil ! s'exclama-t-elle. Il est tout neuf ! Est-il solide au moins ? Je ne sais pas nager…

Makio mit le cap sur la haute mer. Autour du port, quelques lycéens faisaient des essais de pilotage. Sept ou huit petits voiliers dessinaient ainsi des tucks dans la rade, défilaient en ligne, ou se déployaient en éventail après la bouée. On eût dit des papillons. Sur chaque bateau, deux garçons bronzés se croyaient tenus de pousser des cris bizarres pour faciliter la manœuvre. Le jeune homme sourit et se retourna vers le port. Il aperçut alors un yacht qui venait sur sa droite. Il changea de direction, mais pas assez vite pour que Tokiji, qui emmenait un client, ne l'ait reconnu et salué de la main.

— Regarde ! dit Haruko, on nous fait signe !

Elle répondit au salut en élevant son ombrelle et le jeune homme sentit le rouge monter à ses joues. Il feignit de ne rien voir et dirigea le snip vers le large.

Le yacht dépassa un autre bateau et Haruko, toute joyeuse, leur fit des saluts de la main en criant :

— Excusez-nous !

Elle se tourna vers Makio et ils se sourirent.

— Nous allons pêcher au pattari[1], déclara le jeune homme sérieusement. Il sortit une ligne et expliqua :

— Tu vois, quand un poisson mord, le bouchon émerge automatiquement.

— Que pêche-t-on comme cela ?

— Des bonites, des maquereaux... Surveille la ligne ! ajouta-t-il en la lançant.

Ils regardèrent trois villes qui se détachaient sur la côte, dans le lointain. Makio en indiqua tous les points caractéristiques et Haruko l'écouta, émue.

— Que c'est beau, disait-elle parfois, c'est magnifique !

Il la contemplait, envahi d'un bonheur tout neuf.

— Qu'est-ce que ce bâton qui flotte là-bas ?

— Une bouée de marée.

Il fixa la barre par une corde qu'il tint entre ses orteils et tira un peu la ligne : une forte secousse lui répondit. À l'hameçon, un gros poisson noir-bleu se débattait...

— Une bonite...

Il la jeta sur le pont. Elle mesurait bien trente centimètres. Haruko voulut la saisir, mais elle glissa et se cramponna au jeune homme. Il prit le poisson et le jeta dans le fond du snip où il continua à se tordre. Il fit encore un saut, puis frétilla faiblement en offrant son ventre rayé de bleu.

1. Sorte de pêche à la traîne. (*N.d.T.*)

Makio relança la ligne et tenta d'inculquer quelques notions de navigation à sa compagne. Mais elle n'était vraiment pas douée. Bien qu'il redressât ses erreurs avec calme, elle n'en continuait pas moins à se tromper.

— Non… pas ainsi… disait-il. Tire la corde comme cela… en sens inverse… Tu comprends ?

— Un peu… Et elle riait.

Tandis qu'elle faisait peser son corps contre celui du jeune homme, il la prit dans ses bras et la caressa. Haruko cessa de rire et le regarda. Alors il l'embrassa sur les lèvres. Oubliant son initiative de prostituée, Haruko se laissa faire. Elle rougit même, pudiquement, et sourit en considérant Makio.

Il rit de la voir si heureuse et ils continuèrent de s'embrasser comme des amoureux candides. Du bout du pied, la jeune femme toucha le poisson qui sursauta. Elle voulut crier mais l'oublia sous le baiser de son ami.

Le yacht gagna la pleine mer qui fraîchit un peu. Il n'y avait pas de voile à l'horizon. Le jeune homme glissa sa main sous la robe de Haruko :

— Pas ici… souffla-t-elle.

Le bateau tanguait. Makio tenta de retourner la jeune femme, mais le cockpit était réellement trop étroit pour y faire l'amour. Il enleva la barre du gouvernail et invita Haruko à s'étendre sur le pont arrière.

— Non, dit-elle, j'ai peur… si je tombais à la mer… si on nous voyait… vraiment, sur un snip, ce n'est pas commode.

Le jeune homme se rembrunit.

— Regarde, dit-elle, le bouchon est sur l'eau.

— Je m'en fous, du bouchon !

Elle le prit dans ses bras.

— Ne sois pas fâché, viens ce soir…

— Je suis fauché.

— Je payerai pour toi.

Elle le regarda gravement :

— Toi, tu sais, je t'aime…

— Moi aussi.

Il remit le cap vers la côte, mais la marée était haute. On ne pouvait plus aborder aux rochers et tous les sentiers étaient sous l'eau.

— Tant pis, tu débarqueras au port, dit Makio. N'aie pas peur… qui cela gênerait ?

Pourtant, il alla s'amarrer dans un endroit désert. Des gens les regardèrent de loin et ils se séparèrent rapidement après avoir pris rendez-vous pour le soir. Par malchance, Matsukawa les vit et leur lança une œillade narquoise.

Le jeune homme repartit pour amarrer le snip à sa place habituelle. Tokiji et Hamaguchi étaient là.

— Dis donc, qui est cette fille que tu as emmenée ? J'ai eu beau te saluer, tu as fait celui qui ne voyait rien, lui reprocha son ami. Après, je t'ai regardé avec des jumelles, mais je n'ai pu reconnaître qui était avec toi. Depuis quand as-tu une fille ? On ne te connaissait pas d'histoires de ce genre…

— Qu'est-ce que ça peut vous foutre ? Vous êtes jaloux ? Non ? Alors, fermez-la !

— Et il nous engueule encore ! dit Hamaguchi.

Makio éclata de rire et partit vers le magasin pour y ranger ses voiles. En face du club, il rencontra à nouveau le patron du port qui eut l'air de vouloir lui parler, mais se tut. Son rire le trahit.

« Je sais tout », semblait-il signifier.

— Qu'est-ce qu'il y a ? demanda le jeune homme non sans provocation.

— Rien… rien… maintenant tu es un homme…

Cette nuit-là, Haruko fut encore plus tendre que de coutume. Elle déshabilla Makio comme une mère, l'étreignit comme une maîtresse et répéta doucement : « Pardonne-moi… »

*

Le lendemain, au début de l'après-midi, le jeune homme se rendit au port. La houle était forte, car le vent ne cessait de souffler depuis le matin. Le bulletin météorologique annonçait qu'une dépression atmosphérique venue du sud entraînerait la tempête.

Sur le passage de Makio, les gens du port se retournaient en souriant et le regardaient avec curiosité.

— L'enfant terrible ! dit quelqu'un.

— Il paraît que Matsukawa a tout vu, fit un autre.

— Vu quoi ? questionna Makio.

— Tu le sais bien… répondit Hamaguchi. La fille qui était avec toi est une salope de bordel… Une certaine Haruko…

— Qu'elle soit putain ou peau de vache, vous n'avez rien à dire ! fit le jeune homme, vaguement conscient qu'on lui cherchait querelle.

Matsukawa survint et dit avant de donner des ordres pour les travaux :

— Tiens, voilà le grand coq !

— Pour une surprise, c'est une belle surprise ! firent les autres en éclatant de rire.

— Dis-nous la vérité… reprit Matsukawa, tu es mordu ou simplement client ? C'est entendu, le yacht est à toi et tu peux y faire monter qui tu veux… Mais entre nous, pourquoi te ridiculises-tu en prenant une morue à ton bord ? Ce sont des choses qui ne se font pas…

Le jeune homme demeura silencieux puis déclara lentement :

— C'est vrai, Haruko est une pute, mais c'est aussi la femme que j'aime.

Le patron donna des ordres pour éloigner les autres.

— Qu'est-ce que tu voulais en faire de cette fille, sur ton yacht ?

— Le crétin est drôlement mordu ! dit Sugiyama qui revenait. Il m'a avoué qu'il y tenait à cette Haruko…

— Tu es un naïf ! continua Matsukawa.

— Bah ! c'est une passade de jeune homme… d'ailleurs Haruko est une chic fille… C'est bien elle qui a couché avec Kazu lorsque nous l'avons amené au bordel pour la première fois ?

Bleu de colère, le jeune homme regarda Kazu.

— Je ne sais plus… dit ce dernier. En tout cas, je l'ai oublié.

— Imbécile, on n'oublie pas la première femme que l'on tient dans ses bras… Et toi, Hamaguchi, tu lui es resté fidèle assez longtemps à Haruko, pas vrai ?

— Ce n'est pas toi qui me l'as présentée en me disant qu'elle était bien roulée ? Souviens-toi, c'était pour l'inauguration du bâtiment du club…

— Ah oui… peut-être… je ne me souviens plus…

Les badauds s'assemblèrent autour d'eux et pouffèrent. Muet, le jeune homme décochait un regard terrible à tous ceux qui prétendaient connaître Haruko.

— En somme, ajouta Hamaguchi, c'est une poule bien roulée qui a fait pas mal d'heureux…

Tout le monde éclata de rire et Makio eut envie de foncer dans le tas, mais il se retint et s'en alla. Comme le jour où Haruko n'avait pu se libérer, il songeait : « Évidemment… elle est bien forcée de faire des clients… » Il aurait voulu se résigner mais n'y parvenait pas. Ces gens avaient sali la tendresse de la nuit passée. Il était malheureux pour lui et pour Haruko. Son rêve caressé depuis tant de jours lui sembla brisé, bafoué. À la pitié, succéda soudain la colère : « Ce sont des porcs… tous des salauds qui veulent souiller Haruko ! »

Il traversa la place du port en courant. Il se sentait désespéré : « Toutes les peines que j'ai endurées pour acheter ce yacht n'ont servi qu'à me faire insulter et mépriser… Mon rêve est ridiculisé… Et pourtant, je ne suis pas un imbécile… Mon acte n'est pas stupide… Et Haruko, qu'y peut-elle ? Ce n'est pas elle qui a souillé mon bateau, ce sont eux qui ont souillé Haruko, et mon rêve avec… »

Le *Contessa* était à terre, repeint à neuf. Même sur ses béquilles il paraissait superbe. Le jeune homme y grimpa et s'allongea sur le pont en regardant le ciel. Le mât et les étais tremblaient. Le fanion battait à se déchirer. Le vent devait faire rage dans la rade…

— Marquis ! Marquis ! appela Hamaguchi, viens nous aider à équiper le *Roi d'Or.* Nous devons l'amener à Misaki dans la journée et il faut se hâter pour y arriver avant la tempête. Le *Roi d'Or* était un cruiser qui venait de subir une série de réparations.

— Qui part ?

— Bermo, Sugiyama et moi. Il nous faut un quatrième.

— Êtes-vous sûrs de pouvoir sortir ? demanda le jeune homme. La houle grossit et dans un moment la tempête éclatera.

— C'est pour cela que nous nous dépêchons, coupa Hamaguchi. Il y en aurait pour une bonne heure de réparations, mais comme nous devons absolument arriver à Misaki ce soir, nous préférons partir dès maintenant.

Makio sauta sur le quai et suivit Hamaguchi jusqu'au *Roi d'Or.* À ce moment, le marin fut appelé au téléphone et jeta avant de partir en courant :

— Monte au mât et fixe l'étai principal.

— Où est-il, cet étai ?

— Au magasin.

Le jeune homme pénétra dans la baraque adossée au rocher, gémissant de toutes ses feuilles de zinc sous la fureur du vent. Il sortit l'étai enveloppé d'une toile portant l'inscription : *Roi d'Or* et le mit debout pour le charger sur son dos. D'un coup d'œil, il s'aperçut qu'il était vermoulu et si fragile qu'il eût été facile de le casser en deux. Un instant, il hésita.

« Dans le bateau, il y aura Hamaguchi, Sugiyama, et ce Bermo qui est étranger. Mais, à part les Higgins, je me fous de tous les étrangers ! Si seulement ils prenaient ce salaud de Matsukawa comme quatrième... »

Il gagna le *Roi d'Or* et grimpa en haut du mât de dix mètres qui bougeait fortement, bien que la mer fût assez calme dans le port. Il se fit une prise au pied avec la corde qu'il avait apportée et attacha les étais. Il mit celui qui était vermoulu du côté droit. Il ne servirait qu'à bonne distance du port, quand le vent, qui soufflerait alors à quinze mètres par seconde, gonflerait à fond la grand-voile. L'étai ne tiendrait pas... Les naufrages des yachts de cette classe ne venaient-ils pas, toujours, d'une rupture de l'étai ?

Le travail fini, Makio resta sur le mât pour regarder la houle qui ourlait la mer jusqu'à l'horizon. Entre l'île d'Oshima et la péninsule d'Izu, l'ouragan chassait un panache de nuages dans un ciel entièrement nettoyé.

Le *Roi d'Or* mit à la voile vers quatre heures. Craignant d'assister à son départ, le jeune homme quitta le port et grimpa sur la colline. Le *Roi d'Or* s'achemina seul vers la sortie du port, car tous les bateaux se hâtaient de rentrer. Dans la lumière éblouissante du soleil couchant, il tangua sur les ombres noires des vagues qui ondulaient les unes sur les autres, plein d'une tragique beauté.

« S'ils veulent revenir maintenant, pensa le jeune homme, ils devront faire un tuck et l'étai ne tiendra pas. »

Il rentra chez lui.

*

La nuit tomba sur le port. Le vent avait enflé et les gens, courbés en deux, marchaient en tenant fermement leurs paquets.

— N'est-ce pas un typhon qui nous arrive ? demandait-on.

À l'heure du dîner, Makio écouta à la radio le bulletin météorologique. Deux dépressions venant du sud étaient en train de se joindre et l'on prévoyait que l'ouragan passerait vers minuit ou aux premières heures du matin dans la région de l'île d'Oshima, avant de se diriger vers le golfe de Sagami. À Miyakejima, le typhon avait déjà atteint une vitesse de trente-cinq mètres. La navigation était considérée comme très dangereuse et les habitants de Tokyo étaient priés de prendre des précautions en évitant d'allumer des feux.

Le jeune homme posa ses baguettes sur la table et dit :

— C'est le typhon.

Il lui semblait que la nature lui donnait un coup de main. En sortant pour se rendre au port, il se mit à rire.

Entre des bandes de nuages qui filaient, il aperçut le ciel étoilé et la lune nimbée d'un halo estompé. De temps à autre, des gouttes de pluie battaient les toits desséchés. C'était comme un roulement de tambour pendant un exercice périlleux.

Au port, toutes les barques étaient à quai et les bateaux qui demeuraient à l'ancre avaient été doublement assurés. On s'inquiétait du sort du *Roi d'Or*.

Maintenant, la houle frappait le brise-lame et les vagues passaient par-dessus la digue, à plus de dix mètres. Des gerbes d'écume retombaient en pluie mousseuse, tous les mâts crissaient. La tempête paraissait vouloir forcer le port et crier sa colère aux maisons des hommes.

Les gens s'étaient réfugiés dans le bureau du club pour y prendre des nouvelles du yacht. Le visage contracté, Matsukawa téléphonait à Misaki, à Hiratsuka, à Tateyama. Mais aucun de ces ports ne signalait la présence du *Roi d'Or*.

— S'ils étaient arrivés quelque part, ils auraient déjà téléphoné, dit quelqu'un.

Matsukawa alerta alors les gardes-côtes pour une recherche de sauvetage.

— Avec ce vent du sud, ils ne peuvent aborder qu'à Hiratsuka. Ils ne peuvent qu'aller à Hiratsuka ou rentrer ici…

Le téléphone sonna.

— C'est Tateyama, dit Matsukawa.

Il se fit un grand silence. Le patron du port hocha la tête :

— Cet observatoire est une saloperie !

Il raccrocha et murmura :

— Par une tempête pareille, on ne peut guère espérer. Si la moindre corde casse, tout cassera et le bateau coulera en un rien de temps…

— Qui était sur le bateau ? Il vaut mieux avertir les familles.

— Bermo, Hamaguchi, Sugiyama et le remplaçant de Kimijama.

— Qui est-ce ?

— Tokiji.

En entendant le nom de son seul ami, le jeune homme, bouleversé, s'écria :

— Quoi ? Tokiji ?

— Oui, répondit Kimijama d'un signe de tête, en pleurant.

Makio se mit à trembler.

— Calme-toi, lui dit-on. Rien ne peut plus servir à rien.

— Tokiji, pardonne-moi, gémit Kimijama. Tu as pris ma place, c'est moi qui t'ai tué.

En lui-même, le jeune homme se répétait :

« Kimijama s'accuse, mais qui est le criminel ? »

L'étai s'était cassé. Le mât s'était brisé. Le *Roi d'Or* avait chaviré. Il avait espéré tout cela, mais non que son meilleur ami pérît… Il se retint de crier : « C'est moi qui ai tué Tokiji ! C'est moi l'assassin ! » et serra les dents.

Il courut au magasin comme un fou, en sortit les voiles et les cordes, puis partit d'un trait vers le quai.

« Je me fous de tous sauf de Tokiji, sanglotait-il. Tokiji ne peut mourir ainsi. »

Il poussa un yacht qui gênait sa manœuvre et fit glisser son snip à l'eau. Mécaniquement, il fixa le gouvernail et les voiles. Il ne savait plus ce qu'il faisait. Il ne savait plus ce qu'il voulait, sinon partir, coûte que coûte, n'importe où.

Le yacht prit le vent et fila. Matsukawa sortit du club et hurla :

— Marquis ! Rentre ! Reviens ! Ne fais pas l'imbécile ! Mais le jeune homme ne comprit le sens de ses paroles qu'à la sortie du port.

Après le brise-lame, le vent fouetta les voiles de biais. Le petit bateau fut aspiré vers le ciel puis retomba pesamment. Le jeune homme tira la corde du gouvernail. D'énormes gouttes se mêlaient aux larmes sur ses joues, cependant il manœuvrait admirablement pour vaincre les vagues.

Soudain, une muraille sombre, plus haute que le mât, s'avança sur lui. Il en oublia Tokiji et Haruko... il en oublia tout. Il était enfin devenu ce blanc coursier légendaire qu'il avait vu galoper vers le large, la nuit de la coupe Arnold.

Enivré, il voulut gagner la haute mer. En vain. Repoussé, rejeté, roulé, le yacht revenait à la côte. Sous lui, s'ouvraient des précipices où les vagues s'engouffraient en tourbillons furieux.

Sur le port, les gens s'étaient réunis. Matsukawa regardait les voiles blanches qui apparaissaient et disparaissaient entre des montagnes folles. Un peu plus tard, il vit le yacht s'abîmer dans l'eau noire.

Postface

En lisant les quatre nouvelles de Shintarō Ishihara traduites par mon ami Kuni Matsuo, auteur en français d'études littéraires (*Histoire de la littérature japonaise, Anthologie de la poésie japonaise…*), religieuses (*Les Sectes bouddhiques japonaises…*), de traductions classiques (*Seishonogon, Le Prêtre et ses disciples…*) et en japonais traducteur d'André Maurois, de Duhamel, de Cecil Saint-Laurent, de J.-L. Curtis, de Han Ryner…, je dois avouer avec franchise que j'ai ressenti un malaise et j'appréhende que les lecteurs éprouvent eux aussi une surprise, sinon une déception.

Les lecteurs européens qui, depuis cinquante ans, sont pourvus d'idées fixes sur un Japon traditionnel et mignard, ceux aussi qui ne connaissent que les rares traductions d'ouvrages littéraires japonais traduits en français – généralement des textes vieux de plusieurs siècles et ne présentant qu'un Japon de paravents –, ne liront sûrement pas ce livre avec aise.

« La saison du soleil », de même que les autres nouvelles d'Ishihara, n'ont aucun point commun avec les quelques textes modernes japonais que l'on connaît en Occident. Elles ne ressemblent ni au *Rashōmon* d'Akutagawa, ni à *J'irai mourir à Paris* ou à *La Fin d'un samouraï* de Kojiro Serizawa, ni surtout à la pseudo-littérature japonaise qui fait le bonheur des revues féminines. Les nouvelles d'Ishihara sont quelque chose d'entièrement neuf, elles donnent du Japon une image singulièrement changée… au moins dans ses expressions extérieures.

Lorsqu'en 1956 Ishihara, alors âgé de vingt-trois ans, a obtenu le prix Akutagawa – le Goncourt japonais –, le monde littéraire en fut choqué. De toutes parts des polémiques éclatèrent, les traditionalistes, « les hommes mûrs », comme les appelle Ishihara, critiquèrent son style, son mode d'expression, son amoralité, son outrance. Certains prétendirent qu'Ishihara, qui n'était alors qu'un étudiant de l'université de Hitoshubashi (le HEC japonais), ne recherchait que le scandale et la publicité que ne pouvait manquer de lui donner la grande presse.

Et il est un fait certain que l'œuvre d'Ishihara est devenue immédiatement plus connue grâce à l'appui que lui donna la presse plutôt que par celui que lui valaient les critiques. En quelques mois, cinq films furent tirés de ses nouvelles, tous furent d'énormes succès commerciaux ; Ishihara, beau garçon athlétique de 1,75 m, joua dans plusieurs d'entre eux. Ses nouvelles battaient tous les records de ventes, ses seules premières œuvres mises ensemble dépassaient le million d'exemplaires. Le cas Ishihara dépassait le cadre de la polémique littéraire pour devenir un problème social. La génération des parents accusait Ishihara de vouloir détruire les bonnes mœurs japonaises, de pervertir la jeunesse et d'exalter la violence et le sexe. Un journaliste inventa un mot : « taiyo-zoku » – la race du soleil – pour fustiger cette jeunesse dépravée. Le mot fit fortune et pendant toute l'année 1956 et au début de celle-ci encore, dans toutes les sphères de la société, les querelles n'ont guère cessé sur les « taiyo-zoku ». Certains préfets ont interdit les films de « taiyo-zoku » sur leurs départements, la préfecture de police a créé des sections spéciales pour surveiller les « taiyo-zoku »... Tous ceux qui accusaient Ishihara d'outrance prenaient des décisions montrant qu'ils reconnaissaient l'existence d'un problème « taiyo-zoku ».

« La saison du soleil » et les autres nouvelles d'Ishihara, en tout une dizaine, ont créé un genre. Elles ont marqué la littérature du Japon « année 0 + 10 », la littérature de la révolte contre les générations passées qui ont poussé le Japon dans la guerre et dans la catastrophe ; elle est inconsciemment nihiliste et pour s'affirmer contre les « hommes mûrs » n'a découvert que la libido, l'alcool et la violence.

Cette jeunesse a cru avoir à s'affirmer contre les « hommes mûrs » parce qu'elle les retrouve aux postes de direction du pays après qu'on lui a appris à haïr ces hommes qui étaient l'objet d'une purge pendant les temps de l'occupation américaine. Pour elle, ce sont ces mêmes « hommes mûrs » qui, maintenant, fermant les yeux sur leurs propres fautes, prétendent vouloir prêcher la morale traditionnelle aux jeunes générations.

Cet état d'esprit de la jeunesse japonaise n'a aucun équivalent en France. Les « taiyo-zoku » d'aujourd'hui sont les mêmes jeunes gens qui ont reçu le sens de l'excessif au cours de leur éducation primaire, qui en 1945 et 1946, lorsque le Japon était prostré dans les ruines, la misère, le marché noir et la prostitution, criaient « otonawa baka » – tous les hommes sont des crétins –, qui, ensuite, firent leurs études au lycée avec des livres aux pages caviardées par la censure de l'occupation, à qui on inculqua le sens de « faute nationale » qui, arrivés à vingt ans, se sont retrouvés partout entravés par la génération qui avait provoqué la guerre, par les « hommes adultes », qui, dans 60 % des cas, à la sortie de l'université ne trouvaient pas d'emplois.

Dans les nouvelles d'Ishihara, on ne remarque, à l'exception de quelques allusions, presque pas de cris de révolte contre le monde des hommes adultes. Ishihara a préféré s'en tenir aux conséquences de cette révolte : à l'amoralité, aux bagarres, au désir de vivre, à la recherche d'une individualité, à la folie du sexe. Cette jeunesse décrite par Ishihara est avant tout une jeunesse inquiète, sceptique, souffrant inconsciemment de son isolement sans le comprendre.

Ishihara lui-même écrit :

« Il y a dans cette jeunesse un trait extrêmement tragique, c'est que cette jeunesse qui vit sur un sol desséché demeure insensible et inconsciente de cette sécheresse même. »

Mais il y a en même temps un côté moral dans l'œuvre d'Ishihara. Il n'existe pratiquement pas dans la réalité des jeunes Japonais qui soient réellement des personnages d'Ishihara. La jeunesse étudiante japonaise est pauvre, 80 % des étudiants travaillent en même temps qu'ils suivent les cours d'université. À de très rares exceptions, il n'en est pas qui disposent d'une voiture, d'un appartement et à plus forte raison d'un yacht. Un étudiant japonais de vingt ans n'a rien d'un James Dean. En exagérant ses personnages, Ishihara a fait le jeu des parents. « Voilà jusqu'où nous irons si vous nous laissez faire », signifie à la seconde lecture son œuvre. Et dans les familles, où, cas nouveau de l'après-guerre, les parents ont des difficultés avec leurs enfants, à la police où l'on est inquiet de l'importance prise par la délinquance juvénile, au ministère de l'Éducation nationale où l'on ne sait quelles mesures prendre pour ramener la jeunesse à un sens de la morale. Ishihara, après avoir été considéré comme scandaleux, a été entendu.

Ishihara écrit mal. On l'a dit et répété. C'est sans doute vrai, mais le public japonais est très indulgent pour les auteurs qui savent raconter une histoire et ne pas faire seulement de la littérature traditionnelle, il l'a ébranlée. La rapidité de son rythme de récit fait penser à Hemingway, auteur qu'Ishihara m'a dit lui-même « admirer plus que tout autre » ; son traitement littéraire de sujets que l'on n'avait jamais osé aborder, sa fraîcheur, ses personnages qui ne s'arrêtent pas aux frontières de la morale… tout cela lui a fait un succès prodigieux.

« Ce succès ne fut qu'un feu de paille », ont encore dit ses critiques. Il est certain que l'on s'habitue à tout et que le style « taiyo-zoku » ne surprend maintenant plus personne. Il n'a pas résisté à une période de prospérité, au plus grand « boom économique depuis l'empereur Jimmu », c'est-à-dire depuis deux mille ans ; en bout d'études la jeunesse ne se trouve plus uniquement devant le chômage, les jeunes gens de vingt ans d'hier commencent à s'assurer des positions sociales. Ishihara lui-même le reconnaît. Il y a quelques jours, il me disait :

« "La saison du soleil" n'était qu'un croquis de route qu'il fallait surprendre. »

Et maintenant il travaille à un long roman qui doit être :

« une plus substantielle et plus riche nourriture terrestre ».

Marcel GIUGLARIS
Tokyo, 1957

Table

Collection « Belfond [Vintage] »

AYRTON ZANGWILL Edith
Forte tête

BEAUMONT Charles
Un intrus

BETTAUER Hugo
La Ville sans Juifs

CALDWELL Erskine
Le Bâtard
Haute tension à Palmetto
La Route au tabac

COATES John
Patience

COLEGATE Isabel
La Partie de chasse

CONNELL Evan S.
Mrs Bridge
Mr Bridge

DANE Clemence
Régiment de femmes

DAVIDSON Lionel
Johnny Porter et le secret du mammouth congelé

DONOSO José
L'Obscène Oiseau de la nuit

GIBBONS Stella
La Ferme de cousine Judith

HARTLEY L. P.
Le Messager

INGALLS Rachel
Mrs Caliban

JACKSON Charles
Le Poison

JOHNSON Josephine
Novembre

KENNEDY William
L'Herbe de fer

KEUN Irmgard
Après minuit

LAMPE Friedo
Au bord de la nuit

LEHMANN Rosamond
L'Invitation à la valse
Intempéries

MILLER Caroline
Les Saisons et les Jours

MILLER Henry
Crazy Cock

MORTIMER Penelope
Le Mangeur de citrouille

NAYLOR Gloria
Les Femmes de Brewster Place

O'FLAHERTY Liam
Le Mouchard

PETRY Ann
La Rue

POWELL Padgett
Edisto

PYM Barbara
Des femmes remarquables
Comme une gazelle apprivoisée
Les Ingratitudes de l'amour

REIN Heinz
Berlin finale

SAVAGE Thomas
Le Pouvoir du chien

SHARP Margery
Les Aventures de Cluny Brown

SIMONS Ida
Une heure avant minuit

SLIM Iceberg
Du temps où j'étais mac

SMITH Betty
Le Lys de Brooklyn
La Joie du matin
Tout ira mieux demain

VLADIMOV Gueorgui
Le Fidèle Rouslan

WILDER Thornton
Mr North

WILSON Sloan
L'Homme au complet gris

WOLKERS Jan
Les Délices de Turquie

Composition et mise en pages
Nord Compo à Villeneuve-d'Ascq

FSC
www.fsc.org
MIXTE
Papier issu de sources responsables
FSC® C003309

L'éditeur de cet ouvrage s'engage dans une démarche de certification FSC® qui contribue à la préservation des forêts pour les générations futures.

Pour en savoir plus :
www.editis.com/engagement-rse/

CET OUVRAGE
A ÉTÉ ACHEVÉ D'IMPRIMER
SUR ROTO-PAGE
PAR L'IMPRIMERIE FLOCH
À MAYENNE EN JANVIER 2022

N° d'impression : 99708
Imprimé en France